アンフォーゲタブル

一穂ミチ

幻冬舎ルチル文庫

CONTENTS ✦目次✦

アンフォーゲタブル

✦イラスト・青石ももこ

✦カバーデザイン＝久保宏夏(omochi design)
✦ブックデザイン＝まるか工房

アンフォーゲタブル

ふだん何気なく目にしているのに、必要な時見当たらないもの。
1郵便ポスト
2薬局
3証明写真のボックス
3に関しては、自宅最寄り駅の改札外に確実にあるのだが、いつだったか、酔っ払いが盛大に中で吐き戻しているのを目撃してから使わないと心に決めている。
だから土地勘もない初めての場所で、コンビニからすこし離れたところにぽつんと設置されている証明写真のボックスを見つけた冬梧《とうご》は、その光にふらりと吸い寄せられるように近づいた。中に入り、膝下《ひざした》が見える丈の、青いカーテンを閉める。社員証を一新するとかで、顔写真を提出し直さなければならない。カードリーダーに挿して開錠できるシステムを全社で一斉に採用し、これからは深夜や早朝、ガードマン常駐の時間外出入口しか通れない、という不便から解放されるらしい。
カメラ諸々が入った重たいかばんを床に置き、音声ガイダンスに命じられるまま丸椅子の座高を調節する。免許証サイズを選び、姿勢を正してシャッターボタン。

『これでよろしいですか？』

とプリント見本が目の前のモニターに表示される。どうにも硬い、というか、険しい顔だった。さっきまでのやり取りのせいだと思う。

――あの子は、いつ忘れてもらえるんですか。

答えられなかった問いが、耳から離れない。途方に暮れた声。誰が悪いとか悪くないじゃなく、冬梧ひとりの努力で解決できる問題でもなく、ただもうこれからの世の中にこういう仕組みが誕生してしまって、加速しこそすれ立ち止まったり引き返したりはしないし、その行き着く先はシステムの構築者にも分からないでしょう――説明として間違ってはいないはずなのに、逃げ口上だ。

誰も守れなかったし何もできない。自己嫌悪をため息で吐き出し『撮り直し』を選んだ。少なくとも数年はぶら下げて歩くものだから仏頂面《ぶっちょうづら》はよくない。せめてもうちょっと柔和な表情をしないと。

『撮影します』

フラッシュが焚《た》かれるのとほぼ同時に、しゃっ、とカーテンが幾重にもたわんだ。外から開けられた。え、と声を上げる間もなく冬梧の膝にどすんと重みがかかる。

『もう一回、撮影します。動かずそのままお待ち下さい』

「あ」

いやちょっと待て、困るんだよ。機械なので当然アクシデントに頓着してくれない。

二度目のフラッシュの後、モニターに現れたのはひどいしろものだった。最初の二枚で、黒い影がぶれながらフレームインし、後の二枚では呆気《あっけ》に取られた冬梧の首に腕を回した男が一緒に——そう、男だ。

「……あれ？　何だこれ」

男がいきなり乱入して人の膝の上に座り込んだうえ、たった今、「ＯＫボタン」を勝手に押しやがった。

『写真は外の取り出し口にプリントされます。ご利用、ありがとうございました』

「えー？　今来たばっかりなのに……」

「おい」

狭苦しい個室なので押しのけようにもうまくいかない。冬梧は依然、乗っかったままの黒服の男をにらんだ。

「何してくれてんだあんた」

あんな写真じゃ使いものにならない。しかし相手はしごく陽気に「生ください」と言った。

「いやここ、居酒屋じゃねえし」

四角い眼鏡《めがね》の奥の目がとろんとゆるんで、顔も赤い。

「え、『焼き鳥天下』ですよね、ここ。でもこんなに狭かったっけ?」

「だから違うって」

「違わなーい」

何だ酔っ払いかよ。一連の傍若無人《ぼうじゃくぶじん》に納得はいったがいら立ちは募った。まだ九時前だぞ、泥酔するような時間じゃねえだろ。俺と同い年ぐらいか? いい年した大人が。ここに辿《たど》り着くまでの憂うつも一気に攻撃性へと転化される。

「いい加減にしろ! 何なんだよさっきから!!」

地声が大きいので、せせこましい箱の中でその怒鳴り声は冬梧の耳にも痛いぐらい響き渡った。そうなると、今度はたちまちやりすぎた、と思って気まずくなる。ちょうどいい「程度」を探るのが下手なのだった。よく一線を越えて失敗する——ああ、また違うこと考えてるよ。

闖入《ちんにゅう》者は一瞬静止してから、一転、しおらしく謝る。

「すいません、ごめんなさい」

「いや——」

謝るより先にどいてほしいんだけど、と言いかけた冬梧は、またぎょっとさせられる。男の目から、ぼろぼろと大粒の涙がこぼれ出したからだ。

「ごめんなさい……」

「ええ?」

泣く?　泣くか?　大の男が、ちょっと声張り上げられたぐらいで泣いちゃいますか?　そんなんじゃうちの会社来たら午前中で辞めてるよ。まあ、弱そうっちゃ弱そうな外見ではあるけど。

「……た」

「え?　何だって?」

全身を、波に揺すられているように大きく上下させる。子どものようなきりのない嗚咽《おえつ》の合間、切れ切れに聞き取れた言葉は「何もしてあげられなかった」だった。

「ごめんなさい……何も——何も、できなかった……」

そこで冬梧はようやく気づく。黒い上下、黒ネクタイ。喪服だ。そしてこの謝罪は、冬梧に向けたものじゃない。見送ってきた誰か、もう永遠に会えない誰か。その誰かに何かしらの後悔を抱いて痛飲せずにはいられなかった。

しゃくり上げながらうつむくと、眼鏡のレンズにぽたぽた落ちて、溜まった。さっきまでの怒りは跡形もなかった。臆面もなく泣きじゃくる男をみっともないとも思わなかった。人の悲しみと接するのに慣れた冬梧にも、そのとめどない涙は切実にしみた。「何もできない」という重たい無力感。

冬梧は迷った挙句そっと眼鏡を外してやり、濡れたレンズをハンカチで拭《ぬぐ》う。その時、初

めて男はしげしげと冬梧を見つめた。「いいよ、邪魔しないから」と声をかける。

「泣きたいだけ泣けば……あれ？」

雑に扱ったつもりはないのに、眼鏡の鼻あての片方が、あっさり取れた。

「えっ⁉ うそ、どーしよ！ ごめん！ すいません！ 弁償します！」

邪魔しない、という自らの発言を一瞬で反故《ほご》にして慌てふためく。

「あ……いえ、そこ、外れるようになってるんで、そのままはめ直してもらえれば……」

「あ、そう？ ……ほんとだ。ちゃんと入った。あ、ごめんな、何か、大騒ぎして……これ、使う？」

眼鏡とハンカチを一緒に差し出すと、男は涙でぐしゃぐしゃの顔で笑った。そして再び眼鏡を装着すると、ようやく現実も見えてきたのか「すいません！」と立ち上がり、ボックスの外に飛び出していった。酔ったり泣いたり正気に戻ったり、忙しい人だな。冬梧もかばんを手にその後に続くと、膝に頭がつきそうなほど深々とお辞儀をしていた。

「申し訳ありません。初対面の方にとんでもない失礼を……あの、何と申し上げたらいいのか……」

「いや」

冬梧は苦笑した。きょう初めて笑ったかもしれない、と思い、むしょうにほっとした。

「いいよ。何か知らんけど、まあ色々あるんだろ。……何もできなくて悔しいって気持ちは俺にも分かるから」

号泣はしないけど、と内ポケットから名刺を探り、喪服の胸ポケットに落とした。

「何か、困ってるんだったらいつでも連絡して。力になれるかもしれないから」

「あの……」

「じゃあ、急いでるから」

特に用事はない。素面《しらふ》だと普通の常識人に見えたので、あまり粘っていると向こうがいたたまれないだろうと思い、小走りに立ち去った。葬式か。このへんで事件性のある死人とかって出てなかったよな。もはやサツ回りでない冬梧に情報が入っていないだけかもしれないが、何か拾えるかもしんないし。善意と下心、どっちの割合が大きかったのかなんて考えないようにする。

誰かが死ねば、大なり小なり心残りはあるだろう。もっとああしてやればよかった、こうしてやればよかった、と。でも「何もしてやれなかった」、つまり「してやれた」ことはゼロ。よっぽど責任感が強いのか——あれこれ想像したって仕方ないことだ。毎日ごまんと人は死に、冬梧がクローズアップするのは砂山のほんのひと粒にしかすぎない。

写真は結局、写真部の同期に撮ってもらい現像まで頼んだ。タダだし、最初からこうすればよかった。夕刊の降版を終え、遅い昼食を手短にすませて戻ると、整理部のシマに珍しい客がいた。

「西口《にしぐち》さん」

「おー、元気でやってるか?」

三年上の先輩とは、ついこの間まで一緒に警視庁の記者クラブに詰めていた。今は、冬梧だけがはじき出されたかたちだ。自業自得だとは承知している。

「整理部、慣れたか?」

「すこしは。静《しずか》さんが色々教えてくれますし」

「うちの社唯一の穏健派だからな」

「西口さんどうしたんですか、きょうは」

「いや、聞き込みでこのへん回ってたから、ついでにお前のようす見に。あ、それ、差し入れな、きんつば。俺がすでに一個食ってるけど」

「西口さん相変わらずっすね」

「この仕事やってると遠慮とか慎《つつし》みが磨滅してくんだよな……あ、ありがとな、こないだ。コラム書いてくれて。忙しかったから助かったわ」

「いやそんな、俺こそですよ」

本来社会部のメンバーで回す記者のミニコラムの枠を、わけあって整理部の冬梧に一回譲ってもらった。それを「助かった」と表現するのは、西口の優しさだと思った。

翌日の朝刊の降版はすこしばたついた。午前0時の直前に滑り込んできた、殺人事件の容疑者逮捕の報。

「アタマ差し替えるぞ！」

とデスクが叫べば、最終の14版に向けて、ジグソーパズルよろしく組み上げた紙面の構成をやり直すことになる。見出しはタテ四段。ヨコは十二倍確保。すでに陣取っていた記事は一面の中で序列を下げるか、中面に移動させなければならない。しかしほかも当然満席なわけで、思案どころは何を捨てて何を残すか。ニュースバリューは、鮮度は。あるいは他の見出しや記事を圧縮して生かすか、写真をトリミングするか。最終的には記号に半角をかけてどうにか一行工面する、というシビアなやりくりまで必要になる。

判断力とスピードとセンス、そして経験がものを言うところで――それはどこでも同じか。とにかく、冬梧が今まで記者として習得してきたのとはまったく違う能力が求められていた。地方支局で組版の基礎ぐらいは習ったが、本紙の編集のシビアさとは比べものにならない。何がいやって、ひとたびイレギュラーな事態が発生すると、冬梧は邪魔にならないようおろおろと指示を待つだけで、自分が戦力外だと痛感させられることだ。機械の前でまごまごしていると「どけ！」と追いやられてしまうのも日常茶飯事で、腹は立たないがつくづく自分が情けなくなるのだった。

「和久井《わくい》、お疲れ。ちょっと飲んで帰ろうか」

西口と同期の静に誘われて、終夜営業の居酒屋に入った。

「俺、いつになったら静さんみたいにさらさら編集できるようになるんすかね」

「せっかちだな。まだ三ヵ月も経ってないだろう」

「や、三年経ってもできる気しないっす。だって記事ざざーって流し読んだだけで何行甘いとか辛いとか分かるし、魔法みたいにぴったり収めちゃうじゃないですか」

「慣れだよ。肉屋がきっちり一〇〇g量るのと同じようなもんだ——というか」

「はい？」

「和久井、俺みたいになりたいのか。初耳だな」

からかい含みの問いに、もちろんなりたいですよ、とは言えずバカ正直に詰まってしまう。迷惑をかけたくない、部の中で一人前の仕事ができるようになりたい。でもそれは「優秀な整理記者になりたい」という意味では決してなく、静も分かっているのだろう。

「お、悪い、電話だ——もしもし？　ああ、うん。終わった。和久井と飲んでる。新橋の——分かるか？　ああ、じゃあ待ってるよ」

電話を切ると「西口から」と言った。

「夜回り終わったから合流するって。勝手に承諾したけど、よかったか?」

「はい」

「携帯電話ってこういう時便利だな」

つい最近、会社から支給された端末を手の中でもてあそぶ。

「俺が支局で記者やってた時はまだポケベルしかなかったから、どこ行く時も公衆電話の場所はチェックしてたな」

「あー、俺も手近な家のチャイム鳴らして電話貸して下さいって頼んだりしましたよ」

「案外貸してくれるよな」

「結構優しいですよね」

西口が到着するまでにジョッキ二杯も空けていなかったはずだが、その日の酔いはやけに早く訪れ、冬梧は壁にもたれてうとうとし始めた。

「あ、こいつ寝てやがる」

「よせよ、そっとしといてやれ。きょうは久々に追い込んだしな」

「赤羽の強盗殺人《タタキ》?」

「ああ」

ふたりの話し声が遠い。ちょうどふすま越しに聞いているようで、それでもこんなに眠いのに、冬梧の耳は会話を拾い続ける。

——こいつ、発生から追っかけてたからな。悔しかっただろうな。

——何とか戻してやれないのか。

——バカ言うなよ、俺みたいなぺーぺーにどんな権限があるっつうの？

——西口が無理でも、菊池《きくち》さんならできるんじゃないか？　彼女の進言なら上も聞きそうだ。

——おい、聞き捨てならねえな。いや……うーん。よしんば戻ったところで、また同じようなことしでかすような気がすんだよな。

——まあなあ……。

——人としては全然間違ってねえよ、冬梧のしたことは正しい。でも事件記者やるんなら、そのへん折り合ってもらわなきゃ困る。

——それじゃ和久井の長所も殺してしまうんだろうな。

——そうなんだよ。難しいんだ。

——でも本人は現場に戻りたがってる。

——ま、どっちにしても俺の一存じゃあな。今の部長、知ってるだろ？　とにかくトラブルが嫌いな人だしさ。ほとぼりが冷めるまで——そうだな、二十世紀中は厳しいと思うぜ。

冗談じゃないすよ、と言いたかった。あと三年もあるじゃないですか、と。しかし耳と裏腹に口のほうはてんで鈍く、一声も発せなかった。

ピリリリ、と枕元で携帯が鳴る。緊急の呼び出しか、と反射的に跳ね起きて、すぐに今の自分がそんな部署にいないのを思い出した。もっとも、よほどの大事件が起これば号外を出すし、整理部だって総動員のスクランブルはかかる。液晶に表示されている番号に心当たりはなかったが、職業柄さして気にせず「はい」と出た。

『あの』

と遠慮がちな男の声がする。

『和久井さんの携帯でよろしいんでしょうか』

「そうですが」

『私、有村望《ありむらのぞむ》と申します。先日、その、証明写真のところで……』

「……ああ」

あの、号泣してた人、と言いかけて思い留まった。

『とんでもない醜態《しゅうたい》をさらしてご迷惑をおかけしました。本当に申し訳ありません』

「あ、いや、別に」

『ハンカチをお借りしたままなのと、僕が駄目にしてしまった写真代をお支払いしたいので、お会いできないでしょうか』

「や、そんな。気にしなくていいすよ」

部屋の明るさからして、太陽は昇りきっているらしい。平日の昼間、シフト勤務の冬梧は休みだが、向こうは休憩時間だろうか。どんな仕事してんのかな、と好奇心が働いた。数日前のとんでもない言動とは打って変わって折り目正しい口調。

『いえ、直接お詫《わ》びしないと僕の気がすみませんので。あ、でも、新聞社にお勤めなんですよね、お忙しくて却ってご迷惑ということなら、会社宛に現金書留を……』

「いや、いいいい」

たかだか数百円を現金書留なんて、そっちのほうがよっぽど煩《わずら》わしい。まじめな人だなと思いながらベッドを出てカーテンを開ける。いい天気だった。

「んじゃ、会いましょうか。突然だけどきょうでもいい？　俺、休みなんです」

『夕方以降でもよろしければ』

「うん。時間と場所はそっちに――有村さんに任せます。あ、いや、ちょっと待って」

『え？』

「別に傷口を抉《えぐ》るつもりはないんだ。焼き鳥屋と間違えたでしょ？　その、焼き鳥屋に興味がある」

『……分かりました』

七時に、あそこで、と約束して、電話を切った。


焼き鳥屋ののれんは真っ赤で、一体どうやったら誤認するのかと改めてふしぎだったが、まあ酔っ払っていたし、仕方がない。

「本当に申し訳ありませんでした」

テーブルに着くなり望は深々と頭を下げ、堅苦しいのが苦手な冬梧は「ほんとに気にしてないから」と手を振る。

「電話でもきっちり謝ってもらったし、そもそも別に俺、大した迷惑かけられてないし――ビールでいい？」

「いえ、ウーロン茶で。……もともと、アルコールは苦手なんです」

飲めない酒を欲するほどつらかった。望の涙の理由にまた興味がわいたが、それこそ傷口を見せて下さいと頼むようなものだろう。飲み物と、串を十本ばかりオーダーすると、望はテーブルの上に封筒を置いた。

「ハンカチと、写真代と、あの、一応写真もお入れしています。必要ないとは思いますが、僕が勝手に処分するのも失礼かなと……」

「あ、そっか。取り出し口に放置してたよ」

自分は自分で、相当動揺していたらしい。ハンカチにはちゃんとアイロンがかかっていた。

よく知らない者同士のややぎこちない乾杯をしてから、当たり障《さわ》りのない世間話を交わす。

「有村さん、勤め先はこっから近いの？」

「いえ、電車で五駅先です。真秀《ましゅう》製薬ってご存知ですか」

「知ってるも何も、大企業じゃん。すごいね」

「すごいということは……それを言うなら、和久井さんこそ」

「俺？」

望はかばんの中からクリアファイルを取り出す。中には新聞記事のコピーが挟んであった。

「名刺を頂いて、新聞を読んだらちょうど和久井さんのお名前があって、びっくりしました」

「俺が今びっくりだけど……そんなちっさいコラム、よく見つけたね」

「ふだんは署名までちゃんと見てないんですけど、目に入ってきて、慌てて名刺を確かめました。書いた文章が印刷されて新聞に載るなんてすごいですね」

「えー？」

すごいも何も、周りみんなそれでめし食ってんだし。

「他人の仕事は立派に見えるよな」

「新聞記者って立派なお仕事じゃないですか」

黙ってかぶりを振った。そういえば、自分の記事が初めて紙面に載った時は感激したよな、と思い出す。桜の名所で花見客がピーク、という毎年恒例の決まりきった、どうでもいいネタではあったが、わざわざ東京の実家にまでＦＡＸしたっけ。望の素直な賞賛に、あの頃の気持ちがよみがえって少々面映《おもは》ゆくなる。

「和久井さんの記事、興味深かったです」

コピーを指先でなぞりながらつぶやく。

「同姓同名の他人が同じ町内にいて、事件を起こすなんて……偶然って怖いですね」

「うん」

また、悪いことに、小学生の女の子ばかりを狙った悪質なわいせつ事件で、捕まった犯人はかなり珍しい名字だった。フルネームが報道されたため、たまたま該当の地域に暮らしている、同じ名前の男性が人違いされて困っている――という内容のコラム。

「でも、記事にしていただけたなら、すこしは誤解も晴れるでしょうし、よかったですね」

ほっとした顔の望に「そうかな」とつい、洩《も》らした。何も解決していないし、これからもしない。

「え？」

「親御さんから電話があって、たまたま俺が取ったんだ。息子が性犯罪者だと思われてる、イタ電がひどいって。地元の噂は時間が経てば消えるかもしれない。でも問題は、その記事がインターネットの、うちのニュースサイトに載ってることだ」

話しながら冬梧はふしぎだった。会うのはこれで二回目、しかも初回は対面とカウントしていいのかも分からない他人にこんなことをしゃべっているのが。仕事の愚痴などむやみにこぼすまいと決めているのに。これで醜態もおあいこだというわけか。見るからに知的で大人しそうな望が取り乱す姿を見ているから、俺もぶっちゃけていいや、と気が緩んでいるのかもしれなかった。

「当該の記事、削除するか名前非公開にできませんかって一応上に訊《き》いてみたんだ。『バカ言ってんじゃねえ』って怒られた。被害者ならともかく未成年でも特別な事情もない加害者の名前伏せてどうする、そんなのにいちいち対応してたら新聞は真っ白になる……まあ、当たり前だよな。仮にうちが削除しても、他のところに記事が転載されてりゃ同じことだし」

「だから、せめて困っている現状を記事にしてあげようと……」

「あげようっていうか」

望の言葉を遮った。

「他にできることがないだろ。一応、家に出向いて説明したんだ——あの、有村さんと初めて会った日ね。これこれこういうわけで、って言ったら、向こう、インターネットとか言ってもあんまピンときてないぽかったけど、自分の息子と同じ名前の人間が罪を犯したっていていう事実が、広く長く残るっていうのは分かったみたいで……『古新聞ならすぐ捨てる。でもそこにある情報はいつ捨ててもらえるんですか？　永久に残り続けるんですか？』って訊かれて、俺、答えられなかった。本人はまだ大学生で、これから就職したり結婚したりする時、いらん迷惑こうむらないとも限らないからね」

「その都度、僕と同姓同名の犯罪者がいますが無関係ですって申告するのもおかしな話ですもんね」

「うん。何か、インターネットつうのもよく分からんけどさ、新しい、便利らしい、よしやってみようって、あっちもこっちもＨＰ作りました、で確かに重宝するんだけど、永久にって言われた時、自分もびっくりするぐらいこう……ぞっとした」

はい、と望は頷《うなず》いた。

「分かります、その気持ち。自分の手に負えなくなる恐怖みたいなのってありますよね」

うわべだけじゃない、心のある仕草で、記者に向いてるかも、とちらりと考えてしまう。人の話をちゃんと聞ける、のは大前提だ。しかしすぐ思い直した。たぶん、まじめすぎて抱え込み、消耗する。誰かの人生に触れる仕事は、よくも悪くも適当さがないと務まらない、というのが短い記者生活で冬梧なりに得た教訓だった。

「今ある記事を消せないなら、せめて不当に傷つけられてる人がいる、っていうのを新たに載せてくれって頼んだけど、やっぱり、お前の自由帳じゃねえってはねられた」

「そんな、ひどい」

と眉《まゆ》をひそめる。

「たまたま電話に出ただけの和久井さんがそんなに頑張ってるのに。こういう言い方はよくないですけど、貧乏くじ引いたようなものじゃないですか。一切対応できませんって切ることだってできたんでしょう」

「まあなあ……でも取っちゃったし、乗りかかった船っていうか。でも新聞のスペースも有限だから。ほら、今、ファミレスチェーンが食中毒で死人出して大騒ぎだろ？　ああいうので紙面がいっぱいで、俺、上司に別件で迷惑かけたばっかりでよく思われてないし、そもそもほんとは部署違うんだよね」

「そうなんですか？」

「うん。事件とか扱ってるのは社会部で、俺が今いるのは整理部っていう、集まった記事を編集するとこ。でも、社会部にいる先輩がコラムの欄一回譲ってくれて、やっと載せてもらったのがそれ。ちっさいし厳密に言うと、記事じゃないんだけど、一応社会面だから。情けないことにこれが精いっぱいで」

「情けなくなんかないですよ。僕が当事者だったらきっと嬉しい」

「そうかな」

「不安は続いても、そんなふうに親身になってくださった方がいると思うだけで、よし頑張ろうって思えますよ」

「自己満足だよ」

否定しながら、冬梧は嬉しかった。記者仲間にはこういう話をしない。悔しさも理不尽も無力感も、みんな大なり小なり味わっている。声高《こわだか》に主張したって仕方がないし、慰《なぐさ》めの言葉も持たない。静や西口がさりげなくしてくれる配慮に黙って感謝するだけだ。

でも俺は、言ってほしかったんだな。「いいこと」をしたんだよ、ちゃんと意味はあったって、誰かに肯定してほしかった。自分の甘ったれが恥ずかしくなって「食べよう」と話を変えた。

「冷めちゃったな、ごめん」

「あ、大丈夫です。僕猫舌なんで、むしろこのほうが。ちなみにここ、締めの雑炊《ぞうすい》もおいしいですよ」

「ほんと？　じゃあ胃袋空けとかなきゃ」

串に刺さったささみに歯を立てながら、冬梧はまた望の背景について考えている。下戸《げこ》の人間が進んで焼き鳥屋に入るとは考えにくいから人に教えてもらったのかもしれない。それはあの日、望を泣かせた人間だろうか。思い出がある店だから、完全に自分を失った状態でも行こうとした。だったら、安易に「連れてってよ」なんて言うべきではなかった。あー、やっちゃったかも。何でこう思慮が足りないかな、いつもいつも。

「和久井さん、ジョッキ空ですよ。何か頼みます？」

幸い、今のところ望は、つらそうでも泣きそうでもないけれど。

「あ、じゃあ生お代わり。有村さんは？」

「ウーロン茶で」

「ほんとに飲まないんだ」

「はい」

これぐらいならいいかな、と慎重に口を開いた。

「あのさ……あん時はどんぐらい飲んだの？」

テーブルに山盛りの生キャベツをかじりながら、あまり興味のないふうを装って。望は、数秒口をつぐんでから答えた。

「……自販機で、缶チューハイを一本」

「まじで⁉」

「はい」

痛む部分に触れられた、というわけじゃなく、ひたすらばつの悪そうな顔だったので冬梧も安心して「よえー」と遠慮なく笑った。

「体質なんですから、僕のせいじゃないです……いえ、それで自分の過失を正当化しようってわけじゃなくて、」

「いやいーってその話は。有村さん、うちの会社入ってたら急性アル中で病院送りにされてる」

「やっぱり新聞記者の方って皆さんお強いんですか?」

「そんなわけないと思うんだけど、羽目の外し方が尋常じゃないというか……あ、やめとこう。詳しく言ったら軽べつされそう」

「教えてくださいよ」

「いや、駄目駄目。製薬会社の人って、スポイトとメスシリンダーで酒調合してビーカーで乾杯とか……」

「するわけない。大体僕、人事部の配属で研究職じゃないんですよ」

望が明るい顔で笑った。この間みたいに、赤い目じゃないのでほっとした。

駅まで一緒に歩いたが、電車の方向は正反対だった。改札を入ったところで冬梧は「有村さん、携帯って持ってる?」と尋ねる。

「いえ。同僚はちょこちょこ買い始めてますが、僕は今のところいらないなと思っていて」

「通話料結構かかるしね。俺は会社のだからいいけど。……じゃあ、固定電話でいいから番号訊いていい?」

「え？」

「またメし食おうよ。有村さんさえよかったらだけど。きょう、楽しかったから」

本当は、店で言おうと思った。でも断られたらどうしよう、迷惑がられたら、という逡巡で切り出せなかった。珍しいことだった。元々人見知りとは無縁の性格で、この仕事に就いてからはますます拍車がかかった。女の子の連絡先を訊くのにもちゅうちょしたことなどないのに、何でだ、と自覚するとますます言えずに、今、ようやく踏ん切りがついた。このまま別れたらここで終わってしまう、と。

望はあっけないほど簡単に「はい」と了承した。

「よかった。僕もお伺《うかが》いしたかったんです。でも図々《ずうずう》しいかと思って……」

「何で。全然そんなことないよ」

何だ、同じこと考えてたのか、と内心で安堵《あんど》しながら、口頭で望の番号を聞き、携帯のアドレス帳に入力すると、自分のをメモに書いて渡した。

「いつでもかけて」

「そんなわけにいかないでしょう」

「いや、編集立て込んでる時は無理だけど、それ以外の時間なら何も言われないよ」

私用か社用かなんて本人以外には分からないので、そういう面では大らか、というかルーズだ。

「そうですか？　あの……僕からもひとつお願いしてもいいですか？」

「なに？」

「さっきお返しした写真、もしご入用でないなら引き取らせていただきたくて」

「へ？　何で？」

「何でと言われるとよく分からないんですが……強《し》いて言うなら記念というか」

「記念て」

一滴も飲んでいないはずなのに顔を赤くして望は言う。

「ご迷惑をおかけしましたが、そのおかげで楽しい時間をすごせて……あの、僕、あまり社交的じゃないので友達も少ないんですが、和久井さんと話しているとすごくリラックスできました」

「俺こそだけど……うん、写真ね。はいはい」

そんなふうに言われてしまうと、ただの撮り損なった写真がとても貴重なもののように思えてきて、冬梧は「じゃ、半分にしよう」と提案した。

「え？」

「俺と有村さんで半分ずつ。四枚あるしさ。でも最初の二枚は心霊写真みたいだからいらないよね？」

そのまま返事を待たずに手でちぎろうとすると「駄目ですよ」と慌てて止められた。

「破れますから」

望がかばんからソーイングセットを取り出して、おもちゃみたいな糸切りばさみで写真を分割してくれた。

「準備いいね」

「心配性なんです」

ふ、と冬梧が笑うと気まずそうに目を伏せた。

「へんですかね、男が裁縫道具なんか持ってるのは……」

「え、や、全然そんなんじゃないよ」

慌てて説明する。

「ほら、プリクラの前で女子高生とか写真分け合ってたりするじゃん、機械んとこにはさみぶら下がっててさ。あれみたいでおっかしーなーって思っただけ。いいじゃん、裁縫道具。本来の用途とは違うけどこうやって役に立ってんだしさ」

「和久井さんは、プリクラ撮ったことあります？」

「あー、昔の彼女と。でも半分もらったところでどうしていいか分かんなくてどっかいっちゃったな。どこに貼れっつうの、みたいな……」

「彼女さんがちょっとかわいそうですね」

「そうかなー」

「じゃあそれも、すぐどこかにやっちゃいますか？」

まっすぐカットされた写真をとりあえず収めた財布を指差され「いやいや」とうろたえる。

「大丈夫、ここに入れたらきっと入れっ放しだから失くさない……かな？」

「頼りない……」

と言いながらも望は楽しそうだった。

「和久井さん」

「うん？」

「僕、本当は電話するのちょっと怖かったんですよ。あんな迷惑かけたのに、怒らないどころか名刺くれて、ちょっと騙《だま》されてるのかな、この肩書きもうそかもしれないし……って」

「じゃあ何でかけてきたの？」

控《ひか》え目な笑みが引っ込むと、まっすぐな目の静けさが際立った。

「……何もできなくて悔しいって気持ちはよく分かる、そう言ってくれたから。うそじゃないと思ったから」

そしてまたはにかむように頰《ほお》をほころばせると「きょう、お話を伺って納得しました」と言う。

「お引き止めしてごめんなさい。……じゃあ」

「あ——有村さん！」

反対側のホームへ、階段を上がっていこうとする後ろ姿を再び引き止めた。

「……はい？」

何もできない、って、俺と有村さんじゃ、その重みは全然違うんじゃないのか。有村さんは俺なんかより、ずっと大変なものを背負ってるんじゃないのか。そう、訊きたかった。

「……また」

一言だけ伝えると、「はい」と強く頷いた。対岸のホームにはちょうど電車がくるところで、乗り込んだ望はすぐ窓際まで進むと、冬梧に手を振る。冬梧も振り返す。電車はあっという間に駅を出て、線路のゆるやかなカーブの向こうに、光だけを残して見えなくなる。


「これ、和久井が組んだのか？」

来週掲載予定の紙面ゲラ刷りを手に静が尋ねた。

「はい、そうですけど……何かまずかったですか」

「いや、逆。よくできてるよ。見出しも分かりやすいし、見開きがすごく生きてる」

「時間ありましたもん」

広告面扱いの、財界フォーラムのレポート。刻々と状況が変わるニュース面と違って大きさも日にちも決まっているのだから、心の余裕が違う。

「時間あったってできないやつはできないよ。これ、このまま広告に上げてみよう。向こうも喜ぶだろ」

「ほんとですか？　やー俺も整理記者としての才能に目覚めつつあるのかなー」

「そうあることを願ってるよ。そうだ、今度飲みに行こうって西口が言ってたぞ。この間、お前寝ちゃったし」

「あー、いっすね。いつですか」

「んー。来週か再来週って言ってたな。降版明けに、菊池さんも一緒だって」

「え」

つい笑顔が引きつった。

「何だ、えって」

「や、菊池さんくるんなら俺は遠慮しようかなーと……」

「どうして」

「……色々、迷惑かけましたし」

「終わったことだよ、いちいち蒸し返したり根に持つような人じゃないだろう。というか、もう忘れてるぐらいじゃないのか？　基本的に前しか見ずに生きてるからな」

「嫌われてるんじゃないかって萎縮しちゃうんすよ。だってあの人怖いじゃないすか」

「ただの同僚に対して好きとか嫌いとかいちいち考える人でもないぞ……まあ、苦手なんだったら仕方がないよ」

「すいません。……でも邪魔者がいないほうが西口さんは嬉しいんじゃないですか」

「何だ、知ってたのか」

「分かりますよ。菊池さんいたらあの人あからさまに空回るでしょ。見ててしょっぱい気持ちになる」

「手厳しいな」

苦笑して静が席を立つと、内ポケットで携帯が振動した。発信者を確かめる。

「もしもし？」

軽く身を屈《かが》め、小声で応じた。

『お仕事中でしたか？』

「や、大丈夫」

『あの、もしよろしかったらいずれかの週末で食事でもいかがかと思いまして——すみません、僕、基本的に土日祝しか休めないんですが……』

「うん、大丈夫。俺が合わせられるから。今週の土曜日の昼間とかどう？」

『空いてます』

「じゃ、詳細はまた電話していい？　いなかったら留守電に残しとく」

『はい』

携帯をしまうと「和久井てめー」と背後から首を固められる。

「いたっ！」

「デートの約束ならせめて俺たちから見えないところでしろ！」

「違いますよ、友達ですよ。友達、つーか知人？」

「うそつけ、めちゃめちゃにやついてたぞ」

「えー……」

そりゃ嬉しいよ、休みの日にまともな予定入るとそれだけでわくわくするじゃん。そう、社外の誰かと約束するのは久しぶりだった。恋人はここ一年ぐらいいないし、不規則な激務で学生時代の友人とはかなり疎遠になった。仕事明けに静や気心の知れた同僚と飲みに行くのは楽だけど、半ば仕事の延長だなとも思っている。

だから、「プライベートで人とちゃんと会う」機会が単純に待ち遠しいだけだ、冬梧はそう思っていた。


夏が過ぎた頃から、いちょうの葉は青さを鮮やかにし始める。短い秋の向こう、冬の入口で黄色く輝くための準備をしているかのようだ。さわさわと陽光を受ける扇形《おうぎがた》の葉を見上げていると「和久井さん」と声をかけられた。

「すいません、遅くなりました」

「いや、まだ五分前ぐらいだから」

「いちょう、お好きなんですか」

「こうして見てると、木洩れ日がほとんど射さないんだよ。お互いが邪魔にならないようにうまく育つんだなあって感心してた。あと、銀杏《ぎんなん》が好き。あれは、ちょうど今頃の葉っぱの色してるから」

「きれいですよね」

「うん、炒《い》って塩振って食べると最高。止まんなくなる」

「駄目ですよ」

とたしなめられた。

「銀杏は歳《とし》の数まで、とか言うでしょう」

「え、知らない」

「アクが強いから、ほどほどにしたほうが」

「んーでも、歳の数っつったら二十五だよ。さすがにそんな食わないかも」

「あ、同い年だったんですね」

「まじで？　じゃあ敬語やめてよ」

「急には難しいかな……」

レストランに入って「夕方から出勤」と告げると申し訳なさそうに顔をくもらせる。

「すみません、僕の都合で……」

「え、そっちが一般的なサラリーマンなんだからしょうがないだろ」

「でも大変じゃないですか？」

「きょうは酒飲まないから大丈夫。今の部署は朝出勤したり昼出勤したりまちまちではあるけど、急な呼び出しもほとんどかかんないし」

「やっぱり、外で取材されるお仕事のほうがつらいんですか」

「体力的にはねー。こう、予測が立たないのが。夜回りっていうんだけど、警察の人んち行って話聞くのが午前一時ぐらいだから解散はそれより遅くなるし。でもボックスっていう、警察署内の出張所みたいなとこで働いてるから、会社にずっといるのがきゅうくつってタイプにはありがたいかな」

「僕は、ひとつのところに落ち着いて働きたいほうですけど、和久井さんは違うんでしょうね」

「見るからに落ち着きがないだろ？」

「そんなこと言ってないです」

あ。やっぱ、何か和《なご》むな、と再確認した。やわらかい雰囲気。周りにいないタイプで新鮮なのだろうか。派手なリアクションをしてくれなくても、冬梧の言葉に頷いたり笑ってくれるだけで落ち着く。

「休みの日はどんなことされてるんですか？」

「んー……掃除洗濯して、切り抜くだけして読んでなかった記事チェックして？　実のあることはしてないな。有村さんは？」

「似たようなものですね。新聞が本に変わるぐらいで……」

「彼女とかいないの？」

「もてないんですよ」

「もてにいかない、の間違いだろ？」

「もてにいくって、どうすればいいんですか」

「そりゃもう、アグレッシブに」

「うーん」

無理ですね、とスープをすくって苦笑する。

「和久井さんはもてるでしょう」

「もてねーよー！　知り合う機会もないし、もてる以前の問題かな。前の彼女に振られてから結構経つし」

振られた、という言葉に望は目線だけで反応したが、突っ込まれはしなかった。食べ終わると冬梧から「どっか行きたいとこある？」と尋ねた。

「すいません、ノープランです」

「じゃあ散歩していい？」

「散歩？」

「俺、歩くの好きなんだ。普通の街を、目的はなくていいからひたすら歩くの」

内勤だと勝手に外をほっつき歩くわけにはいかないので、最近は身体《からだ》がなまっているのを実感しつつあった。しかし、ちゃんとしたウェアとシューズでジョギングやウォーキングをしたいかと問われればそれはまた種類が違う。たぶん、雑踏に紛れるのが好きなのだ。この中の誰ひとりとして同じことを考えていない、同じ人生を歩んでいない、その当然に思いを馳《は》せながら。

望は「健康的ですね」と快く請け合ってくれた。

街を歩く。思わぬところに伸びている路地があれば入ってみて、いつ貼られたのか分からない色あせた選挙ポスターを眺めて、古い「純喫茶」に驚いてみたり。

「じじくさい趣味だって言われたことある」

「そんなことないですよ。僕は日頃家と会社の往復しかしないので、いい運動になります」

「そう？　女の子と歩いてると、どこどこに寄りたいとかお茶しようとかすぐ言うじゃん。

何か違うんだよなーって……あ、でも疲れたら言って。休憩しよう」

「大丈夫です。でも和久井さんは、本当にただ歩くだけでいいんですか？」

「うん。中学生ぐらいまでは、適当に知らない人の後つけてたりもしたんだけど、親にぽろっと言ったらめちゃめちゃ叱《しか》られて、懲《こ》りた」

「元から、新聞記者向きの性格だったんですね」

「いやいや、尾行や張り込みもそりゃあるけど、記者は刑事でも探偵でもないから」

頭上遥か遠くで、ばらばら、と音がした。乾いて軽快な、知っている音。はっと顔を上げる。ヘリコプターが一機、小指ほどの大きさで飛び去っていく。報道ヘリか。北のほう。どこのだ？　ほかにも飛んでいないかきょろきょろと首を巡らせ、何もいないのを確認して地上に視線を戻せば望と目が合った。

「気になりますか？」

「ごめん、くせで」

「いえ……びっくりしました、一瞬で顔つきが変わるから。お仕事中ってあんな感じなんですね」

「いやー……」

あんな感じ、がどんな感じかは分からないけれど、何となくズボンのチャックを開けたままにしているところを見られたような気恥ずかしさがあって、頭をかく。

「でも、そんなんじゃ気の休まる時がないでしょう」

「俺は別に。どっちかっていうと一緒にいる相手のほうが、まいるっぽい」

「どうしてですか？」

オフィス街の、まっすぐな一本道を並んで歩いた。道がずっと続いていると嬉しい。見どころや食べどころがあるわけでもない、昔ながらの中小企業が立ち並ぶ通りは土曜日だから閑散としている。飲食店は軒並み定休日だ。

「ヘリとかパトカーとか消防車とか……見るたび気にしてんの、人の不幸を心待ちにしてるみたいでやだって言われちゃった」

「……誰に？」

「去年までつき合ってた彼女」

と言うと、望は何かを察したのかすっと口をつぐんだ。

「『あなたは私が通り魔か何かに刺されても、病院に来ないで記事書いてるんでしょう』って……起こってもないこと言われても困るんだよね。何か、女の子ってそういうとこない？　仮定で怒ったり泣いたりさ。現時点じゃ縁起でもない想像してるお前のほうがどうかと思うったら『もう連絡してこないで』って終わっちゃった」

「でも本当は連絡してほしかったんじゃないですか？」

望が遠慮がちに切り出した。

「ええ？　そうなの？　だったらそう言ってくんなきゃー」

と本気で言うと、なぜか笑い出す。

「すいません……こう言ってはなんですけど、和久井さんがもてないって言ったの、謙遜じゃないなって納得しました」

「……まあ、がさつな自覚はあるけど」

「今からでも連絡しようとか思います？」

「やー、いいよもう」

「あっさりしてますね」

「だってとっくに終わった話だよ」

そこまで好きじゃなかった、と言われればそうだろう。恋人に言われた文句を社で話したら「分かってねえなー」と笑われた。

——むしろすぐ病院に駆けつけるだろ。関係者ならナマの声もらえるんだから。

あそこで怒らずに「そうですね」と同調してしまった時点でたぶん、その程度の相手だったのだ。忙しくても極力連絡はしたし、会っている時は疲れた顔を見せないとか財布を出させないとか、自分なりに大切にしてるつもりでいたけれど、仕事について口出しされると途端に「ああ、もういいや」と投げやりな気分になってしまう。

「俺、きっと無神経でつめたいんだな」

「どうしたんですか、急に」

「いや、まじで」

「僕はそうは思わないです」

望ははっきりと言った。

「絶対に」

「買いかぶりだよ」

この人がまっすぐものを言うと、何で俺はこんなにはっとしてしまうんだろうか。冬梧は
「そろそろ行こうか」と眼差《まなざ》しから逃れるように先を歩いた。

「あっちに地下鉄の駅、あるっぽい」

「はい」

しばらく互いに黙って歩いたが、五分ほど経った頃だろうか、「和久井さん」と呼びかけられた。

「はい？」

「どうして新聞記者になろうと思ったのか、伺ってもいいですか？」

冬梧は足を止めた。

「すいません、立ち入ったことを……」

「いや」

と振り返ると、緊張をたたえた望に笑いかける。

「すごく単純な話で。特ダネっていうのを、取ってみたかっただけ」

「特ダネ……」

「そ、日本中が俺の記事にびっくりして、店でも電車でもみーんな貪《むさぼ》り読んでんの。そういうの……いや、まあ無理なんだけど」

「どうしてですか？」

「今時、一社が完全に抜くスクープなんてそうそう出ないよ。ある程度横一線になっちゃう。それに今、俺は取材記者じゃないもん」

　こうして、たまたま出かけている時にとんでもない事件に遭遇したら——すぐに他社もかぎつけるだろう。携帯で簡単に連絡がつくから。こうして情報というのは平等に均質になっていくのだろう、と思う時がある。

「や、ほんと、夢なんだって。普通のサラリーマンが『社長になりたい』って思うのより大それた夢だよ。だから恥ずかしくて会社じゃ言ってない。実際俺なんて大した記者でもないし、よそを出し抜くよりよそに出し抜かれないようにって冷や汗ばっかかいてた」

　あそこは最近の顔写真《ガンクビ》を載せているのにうちは中学校の卒業アルバムしか入手できなかったとか、そういうみみっちい争いに。

「そうですか……」

「有村さんは？　何で製薬会社にしたの？」

「単に大学でやっていた分野と解離しない職種を選びました。院に進まなかったので専門的な研究方面は無理でしたけど」

「そっか」

まあ、それが現実的な生き方だよな、と子どもじみた告白を後悔していると「それから」と続ける。

「うん？」

「尊敬している先輩が、今の会社に入ったのでまねをしたというか追いかけたというか——僕も到底、人に言えるような動機じゃないですね」

「え、いいんじゃない。有村さんが尊敬してるって言うぐらいだから、立派な人だったんだろうね」

「いいえ……いいえっていうのも失礼ですね。でもどうでしょう」

望はあいまいに首を傾げた。

「今、その人と一緒に仕事できてたりするの？」

「いいえ」

今度ははっきりかぶりを振る。

「もういません」

「あ、転職したとか？」

「亡くなりました」

突然、ぽろりと洩れた言葉は冷えた小石みたいに冬梧の耳を転がっていった。死んだ。否応なしに初めて会った夜を思い出さざるを得ない。あんなに我を忘れていたのは、その先輩のせいか。いや、まだ決まったわけじゃないけど――。

「ごめんなさい」

冬梧からの質問をあらかじめブロックするように、ちいさく固い声で詫びた。

「急に暗い話をしてしまいました」

「いや、別に――」

「あ、駅、見えてきましたね」

望が地下鉄の入口を指差す。地面の下に続いていく階段。暗いところに下りていって、望と別れなければならない。それがひどく憂うつに感じられた。


夕刊の降版にかかる前に、各社の朝刊をばさばさ読んでいく。と言っても一言一句熟読していては一日がかりになってしまうので、それぞれのネタの優先順位や扱い方、記事の論調をチェックするのが主だ。

「……ん？」

他紙の一面。タテ三段という「可もなく不可もなく」バリューのネタだ。「困った時の三段見出し」なんてセオリーがあるぐらいで、今ひとつ価値判断をつけがたいニュースはこの大きさを取ることが多い。とある政治家の贈収賄《ぞうしゅうわい》に関する裁判の記事だった。きょう午後高裁で判決、そこまではいい。しかし、末尾に「二審も有罪の見通し」と書かれているのだった。

「これって……」

と隣に座る静に見せると「ああ、それな」と頷いた。

状況証拠をこれでもかと積み上げてどうにか起訴まで持ち込んだが、公判維持はなかなか厳しく、一審でも「ギリギリ有罪」の判決だった。議員の側は即日控訴、二審も、どっちに転んでも大揉めは必至のはずだ。それが一社だけ「有罪になるだろう」とはっきり書いている。ウラを取らず記事にすることはありえない。しかし、判事が自分の方針を判決前に洩らすこともありえない。

「女だな」

反対隣の同僚が割って入る。

「書いたの、新藤《しんどう》って記者だろ。男前で有名だよ」

「何で知ってるんすか」

「大学の同期がそこで働いてるから。裁判官の嫁、たらし込んだんじゃねーの」

「家で嫁に話してるんですか、『有罪かな～』とか『執行猶予どうしよっかな～』とか」

「いや、そんなフランクに打ち明けてるかは知らんけど。守秘義務って言ったところで人間だからな、秘密が苦しい時もあんだろ」

「そうなんですかね」

「秘密ってぶちまけたくなるのは確かだろうな」

と静が言う。

「それが重大かつ限定的であればあるほど。和久井だってサツ回りしてたら分かるだろ？　捜査情報、ぽろっと洩らしてくれるから記事になるんだ」

「あー、なるほど」

「そう言えばメール見たか？　西口が出禁食らったらしいな」

「え、何でですか」

「新宿の夫婦殺し、凶器が近くの側溝から見つかったっていうの、どうやら書かれたくなかったみたいだ。刃渡り二十五センチの包丁、まで記事にしてるのうちだけだからな」

書いちゃ駄目ならそもそもしゃべるな、という話ではある。しかし西口が「完オフ」の約束で得た情報かもしれないし、洩らした捜査員にまでかん口令が周知されていなかったか――いずれにせよ「秘密」は難しい。この仕事は特に秘密が秘密であると明かされないままその重大性を悟らなければならない場合もあるから。

とにかく、しばらくは現場に出入りさせてもらえない身分となった西口に「出禁おめでとうございます」とメールすると「おかげさまでヒマだから遊ぼうぜ」とすぐ返信があった。

『来週の日曜日とかどうよ』

『すいません、ちょっと先約が』

『お前、最近つき合い悪くない？　さては女できたな』

違いますよ、と送り、携帯をしまう。あ、後で日曜の店予約しとかなきゃ。テレビ局に勤めている友人から教えてもらったスペインバルに行くつもりだった。お店選びを任せっきりにしてすみません、と望が恐縮する顔が目に浮かぶようだった。

――僕は、あまり出歩かないのでこういう情報にうとくて……。

でも冬梧はちっとも苦じゃなかった。下調べするのも知らないところに電話をかけるのも仕事で慣れたものだし、いい店（値段が張る、という意味ではなく）に連れて行って、望が「おいしい」と遠慮がちに喜ぶ顔を見るのが嬉しかった。最初に会った時を除けば、喜怒哀楽を前面に出すことはない。静かな自制の閾値《いきち》からわずかにはみ出した感情の色を見るのが楽しい。亡くなった「先輩」についてはあれ以来話そうとしないが、またぽろりと吐露する時があったら、聞いてやりたいと思う。なるべく親身に。

「何だ、ごきげんだな」

粛々《しゅくしゅく》と仕事をしているつもりだったのに、静にそう言われてしまった。

「え、別に」

「そうか？　鼻歌歌ってるけど」

自分で気づいていなかった。

「あ、すいません、気をつけます」

「いや、いいよ。注意じゃないから。女の子と約束でもしてたのかなって思っただけだ」

「違いますよ、西口さんにメール」

「ああ、そうか」

と、見出しの発注用紙に向き直り、タテヨコのサイズや地紋、書体の指定を書き込みながら「何にせよよかったよ」とつぶやいた。

「最近は、社会面読んでる時も悔しそうじゃないから――いや、いいか悪いかは俺が判断することじゃないな」

「……楽になったとは思います」

「時間薬ってやつだな」

楽になる、とは諦《あきら》めとイコールだろうか。やりたかった仕事。これからまだ長い会社員人生が待っている。今後一度も取材の部署に回されない可能性のほうが低いが、冬梧はもう自分の年齢というものを意識し始めている。走り回り、徹夜して、合間に眠れる時もやわらかいベッドなんかじゃなくて……そんな生活に耐えられるのは、せいぜいあと十年だろう。気持ちに身体がついてこない時は、あっという間に訪れる。

いちばん力の有り余っている年頃をこうやって机にかじりつき、赤ペンで指を汚すばかりで消費するのか。もどかしく、原因を作った自分が腹立たしく、でもやり直す機会を与えられても繰り返すかもしれない、そんな堂々巡りに悶々《もんもん》としていた。

やっと現実を受け入れたってとこかな、と大雑把に自己分析すると、それについて考えないように努めた。もうあの場所には戻れない、とはっきり自覚するのは怖かったから。

電話電話。


バルは当たりだった。タパスもアヒージョも生ハムも、全部おいしい。お代わり自由のパンも自制しないと際限なく食べてしまいそうだった。

「とてもおいしいです」

望が笑うと、冬梧はお墨付をいただいた気分になる。味じゃなく、自分のチョイスに。

「ほんと？　でもちょっと狭かったかな」

「バルってそういうものでしょう。僕、こういうこぢんまりしたところ好きです」

わざとちょっとネガティブな感想を言って、望のきまじめなフォローを聞くのも妙に心地いい。

「すみません、同僚に連絡事項を一件忘れていました。電話をかけてきていいですか？」

「俺の携帯使えば？」

「いえ、レジのところに公衆電話があったので。ちょっと行ってきます」

「ごゆっくり」

望が席を立った後、シェリー酒をちびちび舐《な》めていると後ろに人の気配がしてもう戻ったのかと振り返った先にいるのは望じゃなかった。

「お疲れ様です」

見覚えのあるようなないような男。

「……あ、どうも」

でも冬梧の反応をにぶらせたのは記憶のあいまいさより、酒のせいか赤らんだ笑顔の表面に、牛乳の膜みたいに張っているうすい悪意だった。

「あ、誰こいつって顔してんね。現場で何度か会ってんだけどな」

「あー。えっと、確か、東陽《とうよう》放送の」

「そうそう」

なるほど、いわゆる業界人御用達《ごようたし》、なのか？　だったら連れてきたのは失敗だったかと軽い後悔がよぎる。こんなふうに落ち着かない。

「最近見かけないけど、何してんの？」

「整理部のほうに異動したもんで」

「あー、やっぱり」

その物言いで、あの時現場にいたんだなと察しがついた。わざわざ訊かずとも、何らかの処分が下されたことぐらい見当がつきそうなものだ。

「大立ち回りだったもんね」

「適切な表現を心がけましょうよ」

冬梧も少々いやみったらしく返した。

「俺は小競《こぜ》り合いだと認識してますけど」

「見解の相違だね。だって相手、思いっきり流血してたし。傷害で訴えられなくてよかったじゃん。何かおいしいネタでも差し出して手打ちにしてもらった？」

「上のほうで話し合って収めたから、密約があったとして俺は知らない」

早くどっか行ってくんないかな、有村さんが戻ってくる。

「へえ。ま、こっちとしちゃありがたかったけど。新聞の人って口悪すぎるからね、あんたたちは写真と文章だけだから困んないだろうけど、こっちは映像と音が入るんだ、現場音《げんばおん》が台無しってことも最近ちょいちょいあってイライラしてた」

ありがたいからといっておごってくれるわけでもなさそうなので、これ以上相手にしないと決め、バーチェアに掛けた身体の向きをカウンターへと戻した。何か面白くないトラブルでもあったのかもしれないが、ほとんど口をきいたこともない冬梧に八つ当たりされても困る。

「何だよ、シカトすんなよ」

そっぽを向くや、望が座っていた席に浅く腰《こし》を下ろしてきたのでさすがに眉根を寄せた。

「おい」

「え？　怒った？　こんぐらいで？　いっつもあんたらのほうが俺たちに好き勝手言うくせに。素人《しろうと》とか少年探偵団とか。そのくせ正義漢ぶって仲間割れして暴力振るうとか笑っちゃうよ。どっちがド素人なんだか——」

望の冷えた声が割って入った。

「何なんですか、あなた」

驚いた。この人、こんなおっかない声出せるんだ。わ、とちいさな声を上げて招かれざる客は気まずそうに立ち上がる。

「何があったのか存じませんがすこしは頭を冷やしたらどうです？　酔っ払って他人に絡むなんてみっともないですよ」

和やかな色しか見たことがない、眼鏡の奥の瞳が鋭く昏《くら》い。いつもがいつもだけに、そのギャップには心底面食らった。

「あ、いや――」

眼差しが冷水代わりになったらしく、浅い知人（と言っていいのかどうか）はそそくさと離れていった。冬梧はどう反応したものか迷ったがシェリーの入ったグラスを軽く掲げて「すごいね」と冗談めかして言った。

「有村さんでもあんなふうに怒るんだ」

望はきゅっと唇を嚙《か》み締めてうつむくと、「お会計お願いします」と店員を呼び止めた。

「え、ちょっと」

そりゃ、ほとんど食べ終わってはいたけれど。残った酒を一気に飲み干し、胸を下っていく熱さに軽く悶えている間に望は支払いを済ませ、店を出た。

「待ってよ」

制止も聞かず足早に、駅とは違う方向に歩いていく。追いついて回り込んでも却って刺激してしまいそうで、冬梧はどうしたもんかと頭をかきながら一定の距離を保って背後を歩いた。そりゃあ、ちょっと席空けた隙《すき》に見ず知らずの人間が座ってて、いやな感じにしゃべっ

てりゃ気分悪いよな。最初の段階でもっときっぱり拒絶すればよかったのに、穏便にあしらおうとして長引かせてしまった。

望は横断歩道の脇にある階段を上り、歩道橋の真ん中でようやく立ち止まる。しかし「有村さん」と声をかけても冬梧を見ようとはせず、欄干にもたれかかって車列の往来に視線を落としていた。

「えーと、ごめんね、空気悪くしちゃって。次、埋め合わせするから許してよ」

「……どうしてですか」

ようやく一言、口をきいてくれたかと思うときっと顔を上げて常にない激しい口調でまくし立てた。

「どうしてあんな失礼なことを言われて平気な顔をしてるんですか。僕は……部外者ですが、それでも和久井さんが何か、理不尽ないちゃもんをつけられているのは分かりました。あんな、馬鹿にしきった物言い……僕なら絶対我慢できない」

「有村さんならあの場でキレた？」

半ばは冗談のつもりだったのに、「当たり前でしょう」と言い切られてしまった。

「騒いだり暴れたりするつもりはありませんが、不当に侮辱されたと感じたらちゃんと反論はしますよ。大体僕は、こいつなら言うこと聞くだろうとか逆らわないだろうとか、一方的な判断で見くびられるのが大嫌いなんです」

ああ、と冬梧は自分の不明を恥じた。大人しくて温和、なんてとんでもない。写真ボックスの中で泣きじゃくったみたいな激しい姿が望の素で、いつもはそれを必要以上にセーブしているだけなのだ。

「有村さん、今まで猫かぶってたんだね」

「はっ⁉」

失言、と自覚するより先に怒られた。「はっ⁉」だって。この人がこんな語尾の上げ方するなんて、ほんの十分前まで想像もしてなかったよ、俺。

「……なに笑ってるんですか」

しかしちょっとはフォローしないと怒りが憤怒に変わってしまいそうだ。冬梧は神妙に「すいません」と謝った。

「ただfavorite さ、どこから聞いてたのか知んないけど、あれ、一応同業なんだよね。同じ畑だけど向こうは日当たりも水はけも悪い感じの……夜回りだって新聞記者がひと通り聞いてから『おーいテレビ、行っていいぞ！』っていう順番がなぜか決まってたりして」

カメラケーブル踏んでこいだの引っこ抜いてこいだの、半ば本気で無茶な要求をされる時もあるし。冬梧が西口を好きなのは、その手の底意地悪さと無縁だからだった。

「何だろ、既得権益ってやつかな？　後発のメディアを見下すの……映像の力ってやっぱすごいから、嫉妬や危機感もあんだろうね。うっぷんも溜《た》まるよ」

納得してもらえると思ったわけもないが、望はみるみる顔をしかめて「意味が分からないんですけど?」とますます尻上がりな口調で一蹴した。

「ふだんつらく当たられてるからって、和久井さん個人がさっきの人にいやがらせしたわけじゃないでしょう。それが何の理由になるんですか」

「うーん。ま、そう言われりゃ返す言葉もないけど」

何で俺、こんなに責められてんだろ。だってもう終わった話だし。店に取って返して文句つけ直すのも執念ぶかすぎるし、どうしろっつうの? 酒が飲めりゃ別のところで仕切り直して、いやなことは忘れようぜって言えるんだけどな。

「和久井さんはおかしいですよ」

望が言う。

「全然関係ない……たまたま電話かけてきただけの人にものすごく親身になれるくせに、自分のことにそんな無頓着で……人に構うより、もっと自分を守ろうとして下さい」

「んな大げさな」

「何が大げさなんですか。和久井さん、ご自分で思ってるよりずっとまじめで、抱え込みやすい性格ですよ。少なくとも僕はそう思います。だから、僕は、」

「え、おい」

眼鏡を外して目をこすり始めたのでまったくもって当惑の極みだった。怒ったり泣いたり、ひょっとするとさっきの店で隠し味に使われていたワインでも回っているのか?

「おい、泣くなよ」

「泣いてません」

「完全にうそじゃん」

「そんなことはどうでもいいんです」

再び眼鏡を装着し、赤い目で冬梧を見る。冬梧はどうしたらいいのか分からなくなる。望の肩越しにそびえる東京タワーも、赤い。大型トラックが足の下を通り過ぎていくと、どうんと緩慢に突き上げられるような揺れがあった。

「……和久井さんは、僕の先輩にすこし似ています」

「……例の、亡くなったっていう人?」

「はい。いつも周りを気遣うばかりで、自分の悩みにはお構いなしの人でした。どんなに追い詰められても、つらいとは打ち明けてくれなかった」

「買いかぶりだよ」

と冬梧は肩をすくめた。

「有村さんの先輩がどうだったかは知らないけど。本当につらかったのは当事者で、俺はそこに首突っ込んで詮索するだけの仕事だよ。いったいどう追い詰められるっていうんだ」

望は分かってないな、と言いたげにかぶりを振った。冬梧もすこしいら立ってくる。あんなささいなトラブルに、どうしてここまでこだわるのかと。そしてまたあの言葉を思い出す。

「……有村さんは、死んだ先輩に特別な思い入れでもあったの？　それで『何もできなかった』っていう後悔まで俺に重ねちゃうわけ？」

だとしたらちょっと迷惑なんだけど、と言っちゃおうかな、という逡巡を封じるように「そうですね」と頷いた。

「特別な思い入れはありました」

今までの喧嘩《けんか》腰から一転、すんなり肯定されて肩すかしを食らう。

「えーと……好きだった、とか？」

「はい」

「あ、何だ。先輩って女だったんだ」

そういえば一言も男とは聞いていない。いかんな先入観による思い込みは、と自分を戒《いまし》めた。

が、望は「いえ」と否定した。

「男の人です」

と。

なるほど、好きな人＝異性だと決めつけるのも先入観でしたね。うかつでした。でもそれをフラットなココロで察しつけろってのは無理な話だよな。……結局俺が未熟だったたってことか？

「静さーん」

「うん？」

「静さんって本当の名前は静じゃないんですよね」

焼き魚の身をほぐしていた手が止まる。

「いや別に偽名使ってるわけじゃないぞ、単なる旧姓だ」

首から下がる社員証には「須賀良時《すがよしとき》」と印字してある。そう呼ぶ人間の比率は半分ぐらいで、冬梧は西口が「静」を採用しているので自然とそっちに流れた。

「やっぱこう、奥さん側の名字使うのに忸怩《じくじ》たる思いがあったりするんですか」

「そんなの気にするぐらいなら最初から婿《むこ》になんていかないよ」

「でも二十数年慣れ親しんだフルネームの半分捨てるわけでしょ。よっぽど大恋愛だったのかなって」

「何言ってるんだ」

呆れまじりの苦笑が返ってくる。

「オーバーに捉えるほどの問題か？　単に向こうが自営のひとり娘だっただけで……大体、名字を捨てるのを女には当たり前の手続きとして求めてるってことだろ？　結構頭固いな、和久井」

「あー……そうか」

「お前の直球な性格は嫌いじゃないが、固定観念の上に立った物言いは人を傷つける場合もあるぞ」

「すいません」

やんわり釘《くぎ》を刺されて、それ以上何も言えずにカレーライスを黙々とかっ込んだ。無神経な問いを連発するとさすがに怒らせてしまいそうだ。奥さんが男だとしても、好きになりましたか、とか。

あの晩、冬梧が呆然《ぼうぜん》としている間に、望はぺこりと一礼してどこかへ行ってしまった。地下鉄の駅で別れた時といい、爆弾を落とすだけ落として立ち去るヒット&アウェイは勘弁してほしい。気になるじゃないか。それが下世話な好奇心に基づくものなのか、下心抜きの純粋な心配なのか、情けないことに自分の中ではっきりしないのだけれど。

有村さんの抱えている秘密の核心に触れたんだろうか。通夜か葬式かは分からないけど——時間帯的には前者か——あんなに打ちのめされていたのは、男同士ゆえの悩み苦しみがあったからかもしれない。いや待て、「好きだった」と言っただけで、恋人かどうかは未確認だ。臆測で考えを進めるな。

片思いのまま相手の男は死んだ、就職先まで追いかけていくほど好きだった「先輩」が。そりゃつれーな、かわいそうだな、と素直な同情が起こった。性別に関しては正直どう受け止めるべきかよく分からない。女とつき合うのが何となく想像しにくいタイプとはいえ、男と聞いて膝を打つというわけでもない。望について知りたかったのは確かだが、こんな話俺が聞いちゃっていいのか、という戸惑いはあるし。

あれこれ思いを巡らせながら、それでも冬梧は分かっていた。また望に連絡を取ってしまうだろうと。もやもやしたまま放っておけない。その時、どんな言葉をかければいいのかまだ正解が見つからないから二の足を踏んでいるというだけの話だ。パソコンの画面には真っ白な文書のファイルが開きっ放しだった。元日の特集紙面の企画を出さなければいけないのに、脳みそがちっとも仕事モードに切り替わってくれない。

頭の後ろで腕組みし、椅子の背もたれで上体を思いきりそらす。筋肉はほぐれても、頭の中の固まりはやわらかくなってくれない。天井を見つめていると「おいどうした」と声をかけられる。

「女に振られたか」

「はっ？」

一気に身体を起こし、「こないだから何なんすか」と抗議した。

「女できたとか振られたとかそんな話ばっかり……」

「そりゃーお前が分かりやすすぎるからだろ」

「分かりやすいも何も……」

事実無根なんだけど。

「社会部から左遷されて腐りまくってたと思ったら急にいきいきし始めて、それがまた急転直下でため息ばっかついてんだ、女じゃなきゃ何なんだよ」

「世の中そんなに単純じゃないんですよ」

「てめー、生意気言ってんじゃねーぞ」

本気じゃないげんこつをかわし、のんきでうらやましいよとまた怒られそうなことを考えていたが、はたと気づく。ああそうか、有村さんが女だったら、今まで俺がしてきたのは「デート」になるんだ。出会いもそもそも、ナンパ。どこで何を食べよう、歩きながら何を話そう、電話しようかな、電話こないかな、この人といると落ち着く……。

うお、と声を上げそうになって口を押さえた。そうだよ、わくわくしてたよ、また会いたいって思ってたよ。でもそんなつもりはかけらも。だって俺は男無理だもん。

じゃあ有村さんは？

好きだった先輩に死なれて落ち込んでいるところに冬梧が現れた。言葉は悪いけれど、寂しさや悲しみを埋めるのにうってつけだったのかもしれない。しかも冬梧はその先輩とやらに似ているというし。外見はどうなんだろう。身長とか、目鼻立ちとか、服装とか——いや待て。

何か、むかむかしてきたぞ。おかしいおかしい。死人の身代わりだったとしても、こっちはこっちで楽しかったんだから腹を立てる筋合いじゃない。鈍かっただけかもしれないが、そういう意味のアプローチをされた覚えもないし。でも、あの笑顔も、優しい言葉も、本当は冬梧の向こうにいる先輩に贈りたかったのかもしれない、そう思うと騙されていたみたいで納得がいかないのだった。

いや違うって。違うだろ。自分で自分に反論して頭をかきむしった。

「風呂に入ってないのか？」

静が冷静に尋ねる。

「入ってますよ！」

代替を見出《みいだ》して手軽に安らげるぐらいなら、そもそもあそこまで悲しまないだろう。それに、有村さんはそんな人じゃない。そんな人じゃないって分かってるのに邪推してしまうのは、本人に訊かずにいるからだ。望の気持ちは望にしか分からない。冬梧の気持ちも冬梧にしか分からない。そして冬梧の気持ちは、望の気持ちを望の口から聞きたい、ということだった。

勢いよく席を立って電話をかける。この時間帯だと留守電になるのは分かり切っているから「午後九時以降なら話せるから電話ください」と残した。向こうにかけ直させるのはずるいが、先に突拍子もないこと言ったのはそっちだし、という、仕返しめいた思いもあった。ついでにトイレの鏡で乱れまくった髪を整え、じっと鏡像に見入る。造作について、特別にちやほやされた覚えはないが、傷つくほどの駄目出しもされずに生きてきた。なので、まあ悪くはないんだろうという雑な認識でいた——女の目から見て、という意味で。男が恋愛対象ってちっともぴんとこないけど、有村さんなりに好みのタイプってあるんだろうか。眉が太いとかひげが濃いとか？

翻《ひるがえ》って、自分の好み、というものに思いを馳せてみる。内も外も、きついぐらいが好きだ。もちろん、女。猫っぽいのがいいな、目が吊《つ》ってて、ちょっと近寄りがたいの。

有村さんとは全然方向性が違う。よかった、と冬梧は思った。大丈夫、とも。何がよくて何が大丈夫なのかを考えはせずに。

時報ぴったりに合わせている携帯の時計が、２０５９から２１００にきっかり変わるタイミングで着信があり、そのあまりの律儀《りちぎ》さに「はい」と応じる声が笑っていた。

『え、あの、何ですか』

「いや、オンタイムすぎて」

『さっきまで時報を聞いていたんです』

と望は言った。

『十秒前になったら切って、和久井さんの番号をゆっくり押しました』

「なるほど」

その神妙なさまを想像してまたおかしくなる。

『あの——』

と発した後、細く長いため息の気配だけが続いた。

『僕の謝罪、もう聞き飽きましたよね』

「そんなことはないけど」

『酒癖のことなんかお前が言うなって話で……ごめんなさい、本当に、和久井さんにはみっともないところしか見せてないと思います。また連絡してもらえるとは思いませんでした』

「俺からかけなきゃ、電話くれなかった?」

目の前にいないのに、逡巡が伝わってくる。

『お詫びしなければ、とは思っていました。ただ、和久井さんが望まないかもしれないと』

「何で?」

うすうす分かっていて尋ねた。

『僕の個人的なことで、嫌悪感を抱かれてもおかしくはないでしょう』

「え、そういう目に遭ったことがあんの？」

『いえ、普通の方に打ち明けた経験がないので……別に、自分を異常だと思っているわけじゃないんですが、一般的に理解や共感を得にくい問題ですから』

「あー、大丈夫だよ、仕事でもっととんでもない人間いっぱい見てるし——って駄目だな、この言い方は。ごめん。もうちょっと考えろって会社で言われたばっかかなんだ」

『平気です』

電話の向こうでやっと、望がリラックスし始めているのが分かる。

「でも、普通とか普通じゃないとかって……うーん、そうだな、男が男に惚《ほ》れるっていうの、俺なりに考えたんだけど、社会部にいた時、俺によくしてくれてる先輩がいて、俺も懐《なつ》いて、何ていうの、弟分みたいなさ」

『あくまで、純粋な好意とか尊敬の範ちゅうですよね』

「そうだけど、その先輩が、また別の先輩を好きなわけ。あ、こっちは女ね。まあ、つき合ってんだと思うけど、俺は女の先輩は苦手で、優秀すぎておっかないというか……だから時々、ちょっと——うん、嫉妬してると思う。俺が好きになれない相手と恋愛してんだなってむかつくの。取られたって感じる」

でも西口と、たとえば手をつなぐところでも想像しただけで背中がいちめん寒くなるし、向こうも同じに決まっている。

「こんなの本人には言わないよ、会社の、ほかの人間にも話したことない。恥ずかしいから。恥ずかしいってことは、『普通じゃない』って認識してるんだと思う。反面で、こんくらいの感情なら誰にでもあるんじゃないかとも思ってる」

『……和久井さんのおっしゃることは分かりますが、それは僕とはだいぶ違うと思います』

「うん、でも、全然違うとは思わない。断絶してるんじゃなくて、高低差はあれど地続きみたいな。よくテレビでやってない？　殺人事件とかの犯人が捕まった後近所の人が『普通の人だったのに』って驚いてるの。誤解しないでほしいんだけど、同性愛と犯罪がイコールって意味じゃなくて、『普通』なんてあってないような基準で、俺はそういう物差しで有村さんと接したくないと思ってるから。きれいごとに聞こえるかもしれないけど、有村さんのほうから俺を区切らないでほしい。俺が無神経でずれた発言したらすぐ怒ってくれていいから」

沈黙が流れた。でも悪い静けさじゃなかった。自分の言葉が望の中で咀嚼《そしゃく》され、化学反応を起こして望の言葉になる。冬梧はそれを、焦らずに待った。

『……和久井さんは、すごい』

望はぽつりとつぶやいた。

「どこにでもいる普通の男だよ、あ、自分が普通って言っちゃった」

ふ、とかすかな笑い声がやけに温かく耳をくすぐる。熱はあれよあれよと心臓にまで伝わって椅子に座っているだけなのにいきなり動悸《どうき》が速くなり、冬梧は用もなく立ち上がって狭い部屋をうろつき、カーテンを忙《せわ》しなく開け閉めした。

『いきなりわけの分からないことを言って、気持ち悪い、と怒られるのを覚悟していました』

「しないよ」

『そうですね。和久井さんはいつでも真摯《しんし》でまっすぐです。和久井さんと話していると、僕も頑張らなきゃいけないと思う』

「頑張るって？」

先輩の死から立ち直る、という意味か？

望は「色々です、仕事とか」とかわし、「ひとつだけ言い訳をさせてください」と言った。

『この間、僕が、いきなり自分のことを打ち明けたのは、和久井さんの秘密に触れてしまったような気がしたからです』

「え？」

『同僚につながらなかったのですぐ戻ろうとして……ただならない雰囲気だったのでなかなか近づけませんでした。結果、長々と立ち聞きするかたちになって、和久井さんが知られたくないことを知ってしまったと思いました。でも途中から頭に血が上って見て見ぬふりもできなくて、へんな話ですが、交換というか、僕も何か、自分の秘密を差し出さなければ不公平なんじゃないかと……』

「うーん、分からんでもないけど、別に秘密ってわけじゃないんだよ」

『あ、待ってください』

「ん？」

『それを教えてもらえるなら、電話じゃなく、会って聞きたいんです』

「あー、うん、別にいいよ」

壁にかかったカレンダーでシフトをチェックし、いちばん近い週末の休みを申告するつもりだった。なので、次の台詞《せりふ》にはびっくりした。

『じゃあ今から出ますね。住所お伺いしてもいいですか？』

「ええ？」

『あ、すいません、何か予定がありましたか』

「ないよ、ないけど、有村さんはいいの？」

『はい』

きょとんとした、何が問題なのか分からない、という声だった。この人、自分が結構ぶっ飛んでるって自覚がないな。

『ご迷惑なら遠慮します』

でもこうしてすぐ引っ込んでしまうのも確かに望の一面で、そこが面白い。そう、外に出て人と会い、人と話し、人を知るのが冬梧は好きだった。楽しいばかりじゃないと分かっていても。

「ううん」

俺も会いたい、とはっきり言った。


あした遅番だから俺が出向く、と申し出たが、望は「僕が言い出したので」と引かなかった。やわらかなのに頑固でもある。いくつもの矛盾やアンバランスがあの穏やかな顔の下にするりと収まっているのは、何度考えてもふしぎだった。

冬梧の家は駅から遠いし、やや入り組んだ区画にあるので分かりやすい駅裏の公園で落ち合った。手術室を連想させる真っ白いライトに照らされた野球場ではまだ、社会人のチームが夜の練習に励んでいる。フェンスを隔てたベンチに並んで座り、望が買ってきた缶コーヒーを受け取った。

「すぐ分かった?」

「はい。いいですね、こんな大きな公園が近所にあるのは」

「でも昔処刑場だったらしくて、心霊スポットなんだよ。夜はほんとに閑散としてる」

「へえ」

と言った望の口ぶりは、その手の現象を一切信じていないのが明らかだった。

「全然怖くない？　俺は気味悪いから夜中はひとりで歩くの避けてるけど」

「犯罪に巻き込まれる心配ならしますが、死んだ人間が何かを伝えに現れるっていうのは単なる素敵なファンタジーですね」

「素敵かあ？」

「どんな恨み言だったとしても、しゃべる器官もないのに訴える方法を持っているなんて夢があります」

これは理系の発想というものなのか。

「……有村さんて、いつも俺が予想もしない反応を返してくるよね」

「僕にとっては和久井さんがそうですよ」

プルタブを起こして、温かいコーヒーをすする。

「つめたいほうがよかったですか？」

「いや、きょう結構涼しいし。ああ、もうそういう季節だね。衣替えとか、ふとんとか考えなきゃ。毎年、夏が過ぎたら妙に早いんだよな」

「そうですね。……ぐずぐずしてたら、時間が経つのなんてあっという間だ」

何かを、戒めるような響きがあった。ん、と気になりはしたがホームランの球音に意識を奪われ、タイミングを逃してしまった。まあいいか、今は冬梧が話す番なのだ。

「……引き回しの刑って、昔あったでしょ」

「時代劇で」

「うん。でも俺は、見たことあるんだ」

冬梧は言った。


たとえば事件が起こる。警察が容疑者を逮捕する。容疑者はパトカーに乗せられ、管轄《かんかつ》の警察署に移送される。車から建物の中に入る時、わざと報道陣の前を歩かせ、写真や映像を撮らせる。これが「引き回し」だ。ヤマが大きければマスコミも多く、警察は暗黙の了解で取材側の期待に応《こた》える。

「東京本社の前は田舎《いなか》の支局でのほほんとしてたから、全然免疫なかった。社会部に配属されて、警視庁担当になって、放火殺人があった。記者になって初めての、死刑もありうる大事件だった」

だが難事件というわけではなかった。最初から目星はついていて一週間と経たず容疑者確保に至り、「弾《はじ》けるぞ」という情報も各社横並びに摑《つか》んでいて、逮捕当日は警視庁前に人とカメラと脚立がすし詰めだった。もちろん冬梧も、その中にいた。あの異様な熱気は忘れられない。

「みんな、同じこと考えてるんだ。いい画《え》を撮りたいって。新聞はパチカメだけど、だからこそインパクトのある一枚、カメラ目線で、いかにも凶悪犯って感じのショットが必要なんだ。『普通』の読者が納得するようなさ」

手錠をかけられ、腰縄をつけられ、引っ立てられて歩く男は明らかに怯《おび》えていた。自分を取りまく何百という目に、グラウンドの照明より激しくまたたくフラッシュに、「こいつには何をしたっていいんだ」という、あの場における無言の総意に。

通勤ラッシュさながらに押し合いへし合い、すこしでも油断するとたちまち弾き出されそうな人垣《ひとがき》の最前列で冬梧はその声を聞いた。

——おい、この人殺し、こっち向けよ！

隣の記者が発した罵声《ばせい》だった。

——聞こえねえのか、焼き殺したんだろ、自分の女房子どもを！

シャッターチャンス欲しさに怒鳴る。恨みがましくこっちをにらんでくれでもしたら儲《もう》けものだから。テレビと違って新聞には音がない。どんなふうに撮られた写真かなんて、読者には分からない。

「……それからのことは、覚えてるんだけど夢みたいな感じがしてる。何言ってんだこいつって頭真っ白になって、ふたことみこと言い争って、邪魔すんなって引きずり出されて——

あ、センターフライ。こおんと実のない音がして、ゆっくりと弧を描いた白球は難なくグローブに捕えられた。

「……それで、社会部を?」

「うん。俺が上司でも外すよな、こんなトラブルメーカーは」

現場で仲間割れすんな、と警察に怒られ、先方の社から怒られ、もちろん自分の上司にも絞られた。しかし血の気の多い兵隊など珍しくもないので被害届だの示談だのという域には至らず「まあお互い、悪いところは反省するってことで」となあなあの決着を見て、それ以来相手の記者には会っていない。

「こっちだって仕事だ、好きでやってんじゃねえよって言われたら、そりゃ俺が悪い。胸痛めて怒鳴ってたようにはとても見えなかったけど、本人にしか分かんないし、誰でも大なり小なり似たようなことしてて、俺だって後ろめたいやり方してこなかったわけじゃないし――」

何を思い上がってんだ、と部長に胸ぐらを摑まれた。

――正義の味方したいやつが、何で新聞記者なんかになったんだよ。そっからもう履《は》き違えてんだよ、お前は。

ぼろくそに罵倒されるのは平気だった。西口が必死で庇《かば》ってくれるのは心苦しかった。菊池の冷静な問いは、胸に刺さった。

――和久井くんは何を書きたかったの？

――え？

――容疑者の顔を押さえる気がないのなら、そのぶんのスペースで何を伝えたかったの、と訊いてるの。写真より大事だと思えるものがあなたにはあったんでしょう。

――……何も考えていませんでした。

――そう、残念だわ。

「でも、後悔はしてないんじゃないですか」

「まさか。してるしてる。ほんとバカだなって。思えば俺も、逆の意味で現場の空気に吞《の》まれて判断力なくしてたんだろうな」

無糖のコーヒーで舌がにぶくしびれる。

「なのに何でだろう、金輪際あんなまねをしないって誓えるかって訊かれて、はいって言えなかった。うそでもしおらしく頷いてりゃ、そのうちまた現場に戻してもらえたかもしれないのに、『分かりません』って言っちゃった。自分の退路、完全に断っちゃった。それで悶々としてりゃ世話ねえだろっていう……」

「喧嘩の瞬間に時間を巻き戻せても、同じ行動に出るかもしれないんですね」

「バカだからさあ」

「違います」

望は強く断じた。

「和久井さんは強くて優しい。だから誰にもうそをつかなかった。あの店で和久井さんに絡んだ人は、嫉妬してたんです。自分ができないことを和久井さんがしたから、小馬鹿にして自分を保ちたかったんでしょう。僕には分かります」

「何で？」

「和久井さんを見ていると、僕も、僕の弱さやずるさを突きつけられているように思うからです」

「……どういうこと？」

望は答えなかった。金網の向こうをじっと見つめるだけだ。横顔の、視線の先には練習もミーティングも終わって無人のグラウンドしかない。やがて一斉に照明が落とされると、ベンチの傍《かたわ》らに立つ水銀灯だけが光源になり、舞台の上でしゃべっているようにふたりの周りだけぽっかりと心細く明るい。

「僕が和久井さんの上司だったら、やっぱりもう厳しい取材はさせないと思います」

望が言う。

「トラブルがどうとかじゃなくて、曲がらずにぶつかることを繰り返したらいつか疲れ果ててぽっきり折れるんじゃないかと心配で」

折り合ってもらわなきゃ、という西口の言葉が思い出され、冬梧はとっさに「大きなお世話だよ」と言い返した。

「和久井さんはふしぎです」

「何が」

「どうしてそんなつらい、汚いこともしなきゃいけないところに戻りたいなんて思うんですか」

「俺だって分かんねえよ」

心の奥に淀《よど》んでいたものがせり上がってきたのか、乱暴な言葉が口をついて出る。

「駆けずり回って、徹夜して、それでも手ぶらなのなんかザラで、あっちこっちでどやされて、追い払われて、邪険にされて。夜書いた十行の記事は次の昼にはもう誰も覚えてない。仕事で楽しかった思い出なんてほんといっこもねえよ、でもあそこがいいんだ、戻りたいんだ、理由なんてないけど新聞記者になりたかったんだ。一面の特等席、俺の記事で埋めるのが夢だったんだ。ずっと、自分でぶち壊した今でも……」

興奮で呼吸が乱れた、それでも涙は見せずにすんだ。望の手がそっと背中をさすった。ゆっくりと、背骨をなだめるように。そのリズムに誘われるように冬梧の身体はじょじょに傾く。ちっとも楽になどなっていなかった、と認めることですこし心が軽くなった。

肩を寄せ合う。頭をくっつける。空っぽのスチール缶を両手で包む。

「どーにもなんねーなー……」

気が抜けてしまい、間延びした声でひとりごちる。

「どうにもならないことは、ありますよね」

「有村さんにも？」

「はい」

「好きな男に死なれたり？」

「はい」

気遣いのオブラートに包む余裕のなかった言葉を、あっさり受け止めてみせる。

「でも、まだどうにかなることもありそうです」

「ん？」

頭を元の位置に戻し、望の顔を覗《のぞ》き込むと、笑っていた。その顔を、きれいだな、とごく自然に感じた。

「和久井さん、初めて会った時、僕にかけてくれた言葉を覚えてますか？」

「力になれるかもしれないってやつ？」

「そうです」

嬉しそうに笑みが深くなり、そうなると今度は、何やらじろじろ見てはいけないもののように思えて視線を泳がせた。

「そりゃ……できることがあるんならそれは協力するけどさ」

「ありがとうございます」

「いや、何でもするとは」

「遠出がしたいんです。できれば車で。でも僕は免許を持っていなくて」

「運転手しろってこと？　別にいいけど」

そんなの、改まって切り出すようなものじゃないだろう。ドライブが好きならもっと早く言ってくれればよかったのに。

「本当ですか？　じゃあ、僕が和久井さんの休みに合わせて有休取ります」

「や、そこまでしなくても」

「いいんです。平日のほうが道も空《す》いてるでしょうし、そろそろ消化するように言われていたので」

「じゃあ、それでいいけど、ごめん、まったく腑《ふ》に落ちない」

「何がですか？」

「ドライブすることで、俺が有村さんのどういう力になれんの？」

「僕が楽しいです」

「からかってる？」

「真剣です。楽しいと元気が出る、元気が出ると頑張れる」

「それって俺じゃなくてもよくない？」

「いいえ」

望はすっと立ち上がり、冬梧の手から空き缶を取り上げた。

「帰り道で捨てておきますね。じゃあ、また電話します」

「え、あ、おい」

身を翻し、すぐ夜にまぎれて見えなくなった。まじで怖くないんだな、俺はちょっと怯えてますけど。こんなところにひとり置き去られ、冬梧は軽く望を恨んだ。


朝から生暖かい雨の降る日だった。待ち合わせ場所のロータリーで望を見つけ、軽くクラクションを鳴らして合図すると驚いた顔で駆け寄ってきた。

「ごめん、そんなびっくりした？」

「いいえ、車で来るとは思わなかったんです」

「へっ？」

「てっきりレンタカーかと。それで、僕がお支払いするつもりでした」

そういえば自家用車の有無を確認されなかったな。車を持っている前提のリクエストだとばかり思い込んでいた。

「とりあえず乗んなよ」

「はい、お邪魔します」

「車も持ってないぐらい貧乏だと思ってた？」

「すいません」

「え、それって肯定？」

「違います違います」

シートベルトがなかなかはまらない手元と冬梧をせわしなく交互に見て弁解した。

「僕の周りには車を持ってる人がいないので、てっきり和久井さんもそうだとばかり……。東京だと駐車場代もかかるし、電車のほうが渋滞もなくて便利でしょう」

「まあなー。支局時代に買ったんだよ、あっちは車ないと不便でさ」

夏冬のボーナスプラスα《アルファ》で足りた、中古の青いゴルフ。転勤する時がきたら廃車にしてもいいやと思っていたのだが、愛着がわいて結局東京に連れて帰ってきてしまった。まさかこんな場面で役立つとは。

「じゃあ行こうか」

「はい、よろしくお願いします」

あらかじめ望からリクエストされた目的地まで、地図で予習しておいた。千葉の灯台に行きたいのだという。

「行きは、九十九里方面から行ってみない？　ビーチライン通って、そんで国道126号線から銚子道路経由したらいいと思うんだ。んで、帰りは成田方面。違うルート通ったほうが得した気がするし」

「お任せします」

空は微妙に色調の違う灰色の雲が競うように重なり、フロントガラスにしたたる雨粒は大きかった。ドライブスルーでコーヒーを待つ間に「残念だったね」と言う。

「はい？」

「いや、こんな天気だから」

「散歩なら残念ですけど、車の中だから雨でも平気じゃないですか——あ、僕が払います」

「ありがと。でもすこーんと晴れてるほうがドライブ日和《びより》じゃない？」

カップホルダーにコーヒーを収めて、望は窓の外を見た。

「そんなことないです。車のガラスやボンネットの上で、雨が球になっているのを見るのが好きなので、むしろ嬉しいぐらいです」

「変わってるなあ」

「そうですか？　しずくが風にふるえてたりすると触れないと分かっててもつい手が伸びた

り……でも、和久井さんにはちょっと申し訳ないです」

「何で」

「ボンネットが、あんなにきれいに水を弾いてる。わざわざ、磨いてきてくださったんでしょう。なのにすぐ汚れてしまいますね」

「あ——いや、だいぶほったらかして汚れてたし、まあ、ガソリン入れに行くついでに。でもスタンドの店員に頼むだけだから」

一体何を言い訳してるんだか、と自分でも訝《いぶか》しみながらいかにきょうの準備が「何てことない」ものだったかを冬梧は言い募った。楽しみにして張り切っていたと思われたら恥ずかしいからだ。どうしてだろう、久しぶりの運転に心が弾んでいたのは事実だし、知られて何の不都合があるわけでもないのに、俺は何を取り繕《つくろ》いたいんだ。

望は否定も肯定もせず黙って聞き、ゆっくり顔をほころばせて「嬉しいです」とだけ返した。最初の晩、眼鏡のレンズに溜まっていたいびつな涙の溜まりがよみがえってくる。左右に振れるワイパーを見ながら、もう有村さんがあんなふうに泣かずにすみますように、と漠然と祈った。あんなに、なすすべなく、全身から水分と悲しみと後悔を絞り出してからからになろうとしているみたいに痛々しく。

祈りには何の力もない。それでもその時、冬梧はそう思わずにいられなかった。

「旅先で、学習塾とか商店街とか自転車置き場とか見ると、しみじみしない？」

「どういう意味ですか？」

「自分はただ通り過ぎるだけなのに、ここで当たり前に『生活』を構えてる人がたくさんいるって思うと、ふしぎな感じがしてさ」

「分かるような気がします」

「観光客だらけのとこ行くと、特にそう思う。江ノ島とか、京都とか」

「和久井さんの散歩も、たぶん、そういう生活の実感を楽しんでるんでしょうね」

「そうなのかな」

「和久井さんは、とても人間が好きなんだと思います」

「俺も人間なんだけど」

「そんなこと分かってますよ！」

「え、怒ってんの？」

「怒ってないです。……和久井さんが、新聞記者っていう仕事を選んだのは、とてもいいことだと思います」

「――って、俺の上司も言ってくんないかなー」

面映ゆさに茶化すと「ほんとですから」とわずかに恨みがましくつぶやいた。

「あ、ビーチライン、もう着いた」

平日の、しかも雨天とあってか道路はがら空きだった。駐車場所や渋滞を考慮すると不便のほうが多いと長い間運転から遠ざかっていたが、こうして本格的にハンドルを握ってみると予想以上に楽しかった。また休みを合わせてどこかに行きたい、ときょうの行程も折り返していないうちから思うほど。

この向こうに別の陸地があるとは思いがたいほど、海はどこまでも海だった。濃紺と灰の混ざった渋い色合いは、真夏の青さよりむしろ値打ちがあるような気がする。水平線近くに浮かぶタンカーはよくできたおもちゃにしか見えない。

「……もっと、波打ち際を走れたらいいのに」

望が言った。

「金沢にあるらしいよ、砂浜走れるとこ。千里浜《ちりはま》とか言ってたかな」

「4WDとかじゃないと駄目じゃないんですか？」

「いや、普通車でも大丈夫なんだって。砂の密度が高いのかな。会社の先輩が金沢支局にいたことあって、あそこはすごくいいって言ってた」

「それは、和久井さんがやきもちを焼いた……」

「いやまた別の人」

ばつが悪いのでそこは早口に否定し「夜もすごいらしいんだ」と続ける。

「沖に漁《いさ》り火がいっぱい灯《とも》ってて、海の上でイルミネーションが光ってるみたいだって」

「へえ、見てみたいですね。でも、東京からだとちょっと遠すぎますよね」

「そう?　陸路だと確かに面倒かもだけど、飛行機乗って、それこそ現地でレンタカー使えばいいんだし——」

しかし日帰りは不可能、という当たり前の前提に思い至ると冬梧の言葉は途切れてしまった。泊まりで行こうよ、と気楽に誘えないのはなぜだ。いついつと厳密に詰めてしまわず、たとえばほかの友達とボード行こうぜとか花火しようぜとか言い合うのと同じに。

あ、どうしよう、警戒してるのかって思われたら悪い。そんなんじゃないんだ、そんなつもりはなくて、俺は——。

「雨」

と望が言った。

「えっ?」

「弱まってきましたね」

「あ——ああ、うん。もうちょっと走ったら、どっかで昼めし食おう」

「はい」

車は、ビーチラインを抜けて国道へ入る。中断された話題はそれきりどこかへ行ってしまった。銚子港近くの食堂で魚を食べる頃には雨がずいぶん小止みになった代わり、急に肌寒くなってくる。そして、湾曲した水平線が望めるのが売りの展望台に登ると、ぼんやりと白い帯が漂い始めた。

「……霧ですね」

「間が悪いなー、景色見えないじゃん」

「このへん、海霧が多いみたいですから。陸側は暖かかったけど、海上にはつめたい空気が溜まってたのかもしれませんね」

とか話し合っているうちにその白は不安を覚えるほど濃くなってきた。

「……いったん、車戻ろうか。寒いし、このままだとまんま五里霧中だよ」

「そうですね」

冬梧はごく自然に望の手を取り、急いで駐車場へ取って返した。中に入ると、牛乳瓶《びん》の中に放り込まれたように視界はゼロで「やばかった」と息をつく。

「もうちょい遅かったら、ここまでたどり着けなかった」

「車体が白ならアウトでしたね」

霧が晴れるまで身動き取れそうにない。そう長い待機でもないだろうと分かりつつ、こんな濃霧は初めてなので落ち着かなかった。「雪の山荘」ならぬ「霧のフォルクスワーゲン」か。自然の都合で足止めされるのは、人間の弱さを突きつけられるということなので、自分のちいささが不安になる。ラジオから流れる軽快なおしゃべりは、状況との隔絶を実感させられて却って居心地が悪い。でもスイッチを切って音をなくしてしまうと、窓の隙間からかたちのない白が忍んできそうだった。そんなわけがないのに。

——ボー……ウゥ……。

鈍い、笛に似た響きが、霧の向こうから聞こえてきた。何かを探すような、誰かを呼ぶような。

「……何だ?」

反射的に耳を澄ませ、ラジオを切った。

「霧笛《むてき》です」

望が答えた。

「灯台の隣の信号所から聞こえてるんだと思います。霧や吹雪《ふぶき》で視界が一海里以下になった時に鳴らす……」

「こんな音なんだ、初めて聞いた」

「僕も初めてです」

また、一度。

ボー……ウゥ……。

「最近はレーダーの精度が高いので、現役で運用されているのはごくわずかみたいです。ひょっとすると、ここだけかもしれません」

「へえ、じゃあラッキーなんだ」

そう聞くと現金なもので、さっきまでの閉塞感が晴れてくる。

「貴重といえば貴重ですね」

ボー……ウゥ……。

「三十秒間隔で、五秒間鳴らすんです」

「やけに詳しいね。……ひょっとして、これが目当てだった？」

「本当に聞けるとは思ってませんでした。これも和久井さんのおかげなのかもしれない」

「んなわけねーじゃん……」

冬梧は笑ったが、望は静かな眼差しを霧の中に沈めて言った。その向こうでまた、霧笛はうなる。

「ブラッドベリの、『霧笛』っていう短編小説があって」

「読んだことない」

「海の底に、たった一匹生き残ってしまった恐竜がいて、霧の夜、霧笛につられてやってくるんです。霧笛の音が、仲間の鳴き声に似ているから……そういう、寂しい話です」

確かに、生き物の声に聞こえなくもなかった。そして霧笛の役割は「ここへ来てはいけない」という警告のはずなのに、つられて寄って行きたくなるような、ふしぎな誘引力がある。

ここにいるよ、ここにいるよと。

「……死んだ先輩が、好きな話だったんです」

ボー……ウゥ……。

タイミングをはかったわけではないのだろうが、その言葉は、ぞっとするほど霧笛とぴったり重なった。

「恐竜の鳴き声を連想させる、霧笛ってどんな音なんだろうなって言ってました。一度聞いてみたいって……彼は結局、聞けずじまいでしたが」

その瞬間、冬梧の胸の中に立ち込めたのは真っ黒な霧だった。正体もないのに喉《のど》を塞《ふさ》ぎ、胃にずしりと重力をかけてくる。

「何だ」

得体の知れないそれのせいで声はぶざまにひしゃげて聞こえた。

「わざわざこんなとこまで車出してなんて頼んだのは、先輩を偲《しの》びたかっただけか。俺はその足にされただけかよ」

黒くなってしまう。道路地図を見ながらルートを考えた時間、ガソリンスタンドで車の準備をした時間、ここまで走ってきた時間、全部が。「嬉しい」と言った望の笑顔まで、黒ずんで見失ってしまう。いやだ。でも有村さんのせいだ、と思った。

「ばかばかしい……」

吐き捨てた悪態にまたあの鳴き声がかぶさり、霧にも海にも灯台にもバカにされているみたいでいっそう不愉快になる。

「和久井さん」

望は、落ち着き払っていた。

「怒ってるんですか。だとしたらどうしてですか」

果たせなかったちいさな希望の場所で故人を悼《いた》みたい、それが望の目的だったとして、すこしも非はない。もしも相手が望じゃなかったら、冬梧はこんなふうに感じなかっただろう、役に立ててよかったと素直に喜んだだろう。

でも、有村さんだから。有村さんが好きな男のためだったから。

「和久井さん」

「……知るか！」

自らの霧の中へ、分け入ることをおそれた。声を荒らげても望はすこしも怯《ひる》まなかった。

「そんなふうに腹を立てられたら、僕は期待をしてしまう」

「は……？」

「同性にも独占欲を抱く、と和久井さんは教えてくれました。でも恋愛じゃないと。今、僕に怒ったのは、和久井さんの先輩の時と同じ理由からですか、それとも違いますか」

「それは――」

望は答えを急かさない。ホルダーに入ったままの、とうに空になった紙コップの蓋《ふた》を指先で撫《な》でるだけだ。四角く空いた飲み口にわずかに残ったコーヒーの色にどきりとしたのを自覚した。望の唇が触れたところだ、と思ったから。アホか、中学生か、と声も出せないまま焦る。ラジオを切ってしまったのを後悔していた。

しびれを切らしたか、それともはなから結論を期待していなかったのか、望がしゃべり出す。

「誤解させるつもりはなくて……別に誤解されたって構わないと思ってたんですが、先輩を本当に好きでいたのはもう何年も前の話です。僕の気持ちに気づきもしないままあの人は結婚してしまいましたし、僕は、何人かの男の人とつき合いました。いちいち前置きをしなくてすむ種類の……ただ、初めて、そういうことを自覚した相手だったのと、恋愛抜きでも一緒にいて楽しかったし、尊敬していました。中高一貫の学校で、僕が中一の時先輩は高三。理科クラブで一緒だったんです。なぜかしょっちゅうボタンを失くす人で、僕はソーイングセットを持ち歩くようになった。先生でもあったし、兄でもあったし、好きな人でもあって……告白して振られたら断ち切れたかもしれないのに、ずるずると片思いのしっぽを引きずってしまった。大人になって、時々つらくならないといえばうそだけど概ねは平常心、という……自分でもうまく説明できている自信がないんですが、分かってもらえますか」

「ちょっと難しい」

正直に答えると望は弱々しくほほ笑み、それから顔をゆがませた。

「今つらいのは、先輩が死んだから和久井さんに会えた、という事実です。……それでも、あなたに出会えて嬉しい僕は、最低だ」

「そんな」

冬梧はハンドルの上で腕組みし、ため息をついた。

「……有村さんは、何でそこまで先輩に責任っていうか、負い目を感じてるわけ？　今まで訊けなかったけど……その人は、何で死んだ？」

ボー……ウゥ……。

「殺されました」

「……え？」

「殺されたんです」

張り詰めた声が、かすかにふるえる。その時、冬梧の頭をよぎったのは、あそこらへんって何署の縄張りだったかな、ということだ。捜査能力が低いって陰口叩《たた》かれてる某署とか、よそが一ヵ月で解決する事件をお宮入りにするっていう伝説のある某署じゃないといいんだけど――いや、そういう問題じゃないな。

「えっと……犯人は？」

おそるおそる尋ねると、かぶりを振った。

「えらくぶっそうな話だけど……そんな大事件ならなおさら、有村さんが自分を責めても仕方がないと思うよ」

「そうですね」

と案外すんなりとした同意が返ってきて、でも望は言葉に反して助手席の上で膝を抱えて何もかも拒《こば》むように丸くなった。

「忘れたいんです、何もかも」

「忘れろよ」

望があまりにちいさく見えて、このまま縮み続けていなくなってしまいそうで、冬梧は背中に触れた。

望はゆるゆると顔を上げ、そして緩慢な仕草で眼鏡を外し、ダッシュボードにしまった。

「本当の目当ては、霧笛じゃないんです」

「有村さん？」

「抱いてはもらえないでしょうか」

初めて会った夜ぶりに見る裸の目は瞳がくっきりしていて、曇《くも》りも迷いもなかった。

ボー……ウゥ……。

「一度だけでいいんです、お願いします。それが言いたくてきょう、お誘いしました」

なかなか答えを出せなかった。でも一ミリでもごまかしたら今度は自分が拒絶されると思って、目をそらさずにじっと望を見つめ返した。かわす視線の真上を、幾度かの霧笛が通り過ぎて行った。空気は未だ不透明な乳白だった。そうだ、よそ見をしたところで、望以外に何も映りやしないんだった。

「……俺が、」

冬梧は言った。

「俺が、有村さんを抱いたら、有村さんは楽になって、先輩を忘れられるか？　もう泣かずにすむのか？」

「はい」

迷いのない答えだった。冬梧は助手席に半身を乗り出し、ごく軽くくちづけることで返事をした。

「僕が、そっちに行きますから」

唇の狭間《はざま》で望がささやく。

「シートを倒してください。和久井さんは何もしなくていいです」

「いや、それじゃ俺が抱くってことにならないんじゃ」

「なりますよ」

望の肩がおかしげに揺れた。

「案外、形式にこだわるんですね」

「当たり前だろ」

男なんだから、と言いかけて静の注意を思い出し、呑《の》み込む。有村さんだって男で、ほんとは逆がしたいけど俺に気を遣っての「抱いて」なのかもしれない。でもどっちでもいいよとまでは到底言えない。

「……何か、複雑なことを考えてますね」

「何で分かったの」

「分かりますよ」

すこし離れてから、恥ずかしそうに居住まいを正した。

「別に、和久井さんを信用してないとか、見くびっているというわけじゃないんです。ただ、女の人とするのとはやっぱり違いますから、恐れ入りますがこちらのペースでさせてもらえると助かる、という」

「なに、そのビジネスみたいな口調。恐縮しないでよ」

ようやく笑うだけの余裕ができ、冬梧は言われたとおりシートの角度をいっぱいいっぱい広げた。ちっぽけな沽券《こけん》はあるものの、確かにこっちが主導権を握っても持て余すに決まっている。

「恐縮、しますよ」

望も助手席を倒し、後部座席に置いていた自分のかばんを引き寄せた。

「無茶なお願いをしていることぐらいは分かってるんです」

「うん、有村さんて思い切りいいよな」

「バカなんです。……でも、ひとつだけ信じてください」

「なに？」

「縋《すが》れれば誰でもよかったわけじゃありません。和久井さんだから、僕は――」

「ほんとにバカだな」

と冬梧は遮った。

「そんなの、言われなくても分かってるよ」

もう一度、今度は望からのキスをかわした。触れるだけのごく短いもので、望はすぐ冬梧の下半身に手を伸ばし、ジーンズのベルトを外した。下着越しにまさぐられる、それぐらいはじゅうぶん許容範囲で、でもそこに顔を埋《うず》められた時はびっくりして起き上がりそうになった。

「じっとしててください」

「いや、でもそれはさあ」

女でも断固拒否派は珍しくなく、ってもういいや、男とか女とかは。

「いいんです、僕がしたくてするんです。気持ち悪くなければじっとしていてください」

「気持ちいいから困るんだって……」

「……よかった」

口の中には性差なんてない。なまめかしく濡《ぬ》れた口腔《こうこう》にくるまれ、やわらかな舌を巻きつけられるとたちまち硬くなってしまう。前にこんなことしたのは、いつだったっけ？　そして甚《はなは》だ下世話だけど、望のやり方は冬梧が今まで経験してきたどの相手より熱心で、丁寧だった。ん、と短く呻《うめ》くたび、喜ぶように唇で圧迫された。

そして、射精の衝動が七合目ぐらいまで到達すると望は顔を上げてかばんを探り、中のポケットからコンドームのパッケージを取り出した。

「そんなの、持ってきてたんだ」

「それが目的だって、言ったでしょう」

「勝算はどの程度？」

「断られて、ここに置き去られる心づもりぐらいはしてました」

しないよ、とそれには抗議する。

「そうですね。和久井さんは優しいから」

優しさじゃない。有村さんが「俺だから」と言ってくれた気持ちと一緒なだけだ。でも、ゴムの皮膜をかぶせられる感触に息を詰めたので言えなかった。

「すみません、もうすこし待ってください」

靴から始まり、下半身につけたものを残らず足元に突っ込んでから冬梧の上にまたがる。そして今度はチューブを手にとって透明な中身を押し出した。ああ濡れないしな、という察しはつく。

「急ぎますから」

「や、いいよ、ゆっくりで」

密着しているから、望が具体的に何をしているのかは見えない。ただ、シャツの衣擦《きぬず》れと、くちゃくちゃ粘る音が下腹部から聞こえ、顎《あご》の下で望の髪がさらさら揺れる。ほかに訴えかけてくる刺激があるわけではないのに、冬梧は激しい欲情を覚えた。性器を覆うラテックスは明らかにさっきより窮屈だったし、飲み込んでも飲み込んでも生唾《なまつば》がわいてくる。

霧さえ晴れれば遮るもののない野外、車内、これから男とセックスをする、積み重なった非日常のせいだろうか。

「有村さん」

「ごめんなさい、もうちょっとだけ……」

「いやそうじゃなくて、俺も触ってみていい？」

「え？」

「指、挿《い》れさせて、ちょっとだけでいいから」

自分で口にした要求で、また興奮する。

「でも」

「お願い」

言いながらもう、許されるより前に腕を伸ばしている。指先が尾てい骨を掠《かす》める。

「もっと、上にずれて……届かない」

「和久井さん……っ」

強引に位置を調整し、とうとうその場所に触れた。

「ん……」

「ぬるぬるしてる……痛くないの？」

「はい——あの、いいです、お構いなく」

「よくない」

滑りに任せて皮膚《ひふ》のくぼむ先へ進むと、望の耳がぎゅうっと頰に押し付けられた。

「や……」

そこにはすでに二本、異物が挿し込まれていたので、冬梧もためらいなく根元まで押し込んだ。

「あっ」

苦痛の色はなかった。生まれて初めて探る器官は熱くてやわらかかった。今は望の指と密着しているけれど、ここに性器を残らず呑み込ませ、包まれたらどんなに気持ちがいいだろうと卑猥《ひわい》な期待に煽《あお》られて指を抜き差しする。

「あ！　駄目です、そん、な……っ」

「なあ、俺、ここに挿れていいの？　やらせてくれんの？」

消え入りそうな声で、でも確かに「はい」と聞こえた。

「……嬉しい」

性欲にくらんだ言い草だと思われてもいい、それがいちばん正直な気持ちだった。

「も、大丈夫ですから……指、抜いてください」

名残《なごり》惜しかったけれど、指より気持ちいい場所で味わいたくて従った。爪《つめ》の部分を引っ込める時、きゅうっと甘えるように締まったのでますます頭に血が上る。

「あ——」

硬直しきってそり返る昂《たかぶ》りが、望の身体の奥にあたる。天井までの猶予がないから斜めから下がってくるようなやり方で、でもこの高まりようだと真上から挿れられると角度的に痛かっただろうからちょうどいい、とどこかで冷静に計算している自分が、おかしい。

「ああ……っ」

身体のあちこちを不規則にふるわせ、しゃくり上げるように必死な呼吸で望は交合を果た

した。

「……動きます、ね」

「うん」

無理すんなよ、と言ってやれない。気持ちがいいから。もっと気持ちよくなりたいから。

狭い密室で不自由に揺すり合って、できる限りの快楽を得ようとした。

「あっ……、あ、ああ——」

「ん……っ」


ボー……ウゥ……。


のぼせて我を忘れているはずなのに、霧笛の音が聞こえる。これは、現実の音なのか？

ここは本当に、岬の駐車場なのか？

「ああ……」

ボー……ウゥ……。

あれは、望を呼ぶ声。もう死んだ男が。海の底から。だから聞かせてはいけない。思い出させてはいけない。

「や……っ、あ、あ！」

そんな妄想に囚《とら》われて冬梧は加減なく腰を突き上げ、身体の上でわななく身体を、きつく抱きしめた。

望が、どこにも行けないように。


あんなにすっぽり車を覆っていた霧は、互いが背を向けてそそくさと身じまいする段になって晴れ始めた。ほかにひと気がないとはいえ、付近には土産物屋も並んでいたりするのであと十五分遅かったら相当まずいことになっていたと思う。けど「よかったね」とか言うのも違うし、冬梧《とうご》はシートを戻すと「行こうか」と声を掛けた。

「はい」

ものの数十分視界が白く閉ざされただけで、この世じゃない場所に迷い込んだ気がしていた。でも、ゆらりとかたちを変える霧の帯の間から見えるのは、さっきまでと何ひとつ変わらない駐車場であり、草がぼうぼう生えた岬であり、岩がごろごろする海岸であり、すっくと白い灯台だった。

「……灯台、寄ってく？」

「いえ」

「遠慮すんなよ、せっかくここまで来たんだし」

「いいんです」

望《のぞむ》はかぶりを振ってシートベルトを締める。

「もう、じゅうぶんですから」

帰り路は、ほとんど話さなかった。気まずさでも困惑でもなく、口を開く必要を感じなかったからだ。霧に代わってふたりを取り巻く沈黙が心地よかった。

首都高を降りて、スタート地点まであとすこし、という頃になってようやく望が「あ」と発した。

「いちょう並木、だいぶ色変わってますね」

「ほんとだ。前、待ち合わせたのってこのへんだったんだな。車だと気づかなかった」

あの時はまだ、昼の陽射《ひざ》しに映えるグリーンだった。

あせたように緑が抜けてしまってからいちょうの黄色は燃え上がる。その寸前の、儚《はかな》いふりをしてふつふつと太い幹の中で晩秋へ向かうエネルギーを温めている時期だった。隙間《すきま》なく繁《しげ》った葉が一面に夕陽を受け、その色を借りるように鮮やかに輝いている。

「きれいですね」

「うん」

本当にきれいだ、と思った。こんなに美しいのにきょうという一日がもう終わってしまう、それが哀《かな》しくもあった。親に連れられて遊んだ遊園地の帰途みたいだった。どんなに駄々をこねても、始まりには戻れない。

「また電話する」

冬梧は自分の言葉で自分を上向かせようとした。

「……はい」

帰宅ラッシュの始まりかけたロータリーで車を降りると、望は「きょうは本当にありがとうございました」と深々頭を下げた。

「それより、家まで送んなくていいの？」

「はい、ここで大丈夫です」

「そっか」

この人、寂しくないのかな。夜の、いわくつきの公園にびびらないみたいに。いつも別れ際にさっぱりしている望が、ちょっとだけ悔しかった。すると見透かしたように運転席の窓をこんこん叩《たた》く。

「うん？」

ウィンドウを下げると、顔をごく近くに寄せてきたので、今まで考えないようにしていたセックスの記憶も押し寄せてきてうろたえた。

「有村《ありむら》さん？」

「覚えてますね」

望はしっかりした声で言った。これからまた楽しいことに向かおうとしているようにいきいきとしていて、夕暮れの橙《だいだい》に染まった笑顔に見とれた。

「僕、きょうのこと、絶対忘れませんから」

そして身を翻《ひるがえ》し、駆ける。長く伸びた影が行き交う脚に踏まれるのがいやだと思った。望は一度も振り返らないまま、改札近くの人混みに埋もれていった。


次の日も休みだったが、まる一日腑《ふ》抜《ぬ》けて過ごした。ベッドの上でごろごろしながら考えるのは望のことばかりだ。あれでよかったのかな。本当に有村さんは、楽になれたのかな。誘われるままやっちゃったけど、また、前みたいに普通にめし食うだけの関係に戻るのかな。

肘《ひじ》の骨をぶつけたら、びりびりしびれる部分がある。それが全身にうっすら回っているような感じだった。ジャージやシーツに触れる肌が何とも落ち着かず、もぞもぞと枕を抱えて「もっぺんやりたいなあ」という身も蓋《ふた》もない願望を認めざるを得なかった。一度だけ、とはなから割り切ったふうな、望の言葉を思い出すとやるせない。これからも、と望むのは無粋だろうか。

でも、忘れませんから、って言ってくれた。それってやっぱり、満更じゃないっていうか……でも俺、ほぼマグロだったしな。プラスとマイナスのシーソーががったんがったん揺れ、夜になってようやく、携帯を握る。きのうのきょうだと焦りすぎだろ、とかっこつけたい気持ちはこの際捨てる。

正式につき合ってくれ、とまではまだ言えない。ただ、知人友人の範ちゅうにはおさまり切らない感情を望に抱いていて、男同士というのはやっぱりぴんとこないけれどとにかくこれからも傍《そば》にいたい、と率直に伝えるつもりだった。言いたいことを頭の中で整理し、順序立てて何度も予習してからアドレス帳の番号を、押した。

ぷ、ぷ、ぷ、という短い信号音の後、平坦なアナウンスが流れる。

——おかけになった番号は、現在使われておりません……。

「はっ？」

我ながら間抜けな声だった。いやそんなバカな。アドレス帳を見返し、着発信履歴を見返す。間違いない、望の番号だ。数日前だってここにかけ、何の問題もなく話していた。端末の故障なのか、と固定電話からコールしてみる。結果は同じだった。それでも諦《あきら》めきれず、外に出て公衆電話でも試した。

——おかけになった番号は、現在使われておりません……。

うるせえな、と自動音声に毒づいた。何だこれ、天国から地獄っていうのか。だってきのうのきょうだぞ。がこんと受話器を戻すと、投入した小銭がちゃりちゃり落ちてちいさな口に溜《た》まった。

翌朝、出勤前にもかけたが相変わらずだった。でもゆうべほどはショックじゃなく、何か事情があったんだろうと冷静に推測する。

あっちの電話が壊れてるのかもしれないし、実はイタ電に悩んでいて変更したとか。望は冬梧の番号を知っているし、どうしても連絡が取りたければ会社にかけるという手だってある。盛り上がったテンションに水を差されたからおろおろしたけれど、きっと大したトラブルじゃない、次会った時には笑い話にできるだろう。

そんなことを考えながら電車に乗り、席に着くとちょうど編集バイトが郵便を仕分けして持ってくるところだった。

「これ、和久井《わくい》さん宛です」

「ありがと」

取材に出なくなっても届くプレスプレビューのご案内やDMのたぐいを機械的に開封してはゴミ箱に突っ込む。

最後に残ったのは、白いクッション封筒だった。軽く振るとかたかた音がする。「親展」

だけで差出人の名前はなし。軽く訝《いぶか》しみはしたものの、印字された宛名は確かに「和久井冬梧様」だし、心当たりがあるのもないのも、日々さまざまにやってくる仕事だから、大して気にせずはさみを入れた。

中は、CD－ROMが一枚。ラベルもなければ紙切れ一枚ついてやしない。適当な仕事してんな、と呆れつつROMを差し込み、ウイルスソフトに反応がないのを確かめて中のファイルを展開した。ナンバリングされた複数のフォルダから「1」を開くと、文書が現れる。

一行目が飛び込んできた瞬間全身が総毛立ち、マウスにかかる指が硬直した。

『真秀《ましゅう》製薬の風邪薬における臨床データの改竄《かいざん》・隠匿《いんとく》に関する報告』

……何だこれ。

「和久井、おはよう」

「あ——おはようございます」

後ろから静《しず》かが近づいてきたので、慌ててウィンドウを閉じる。悟られるんじゃないかと思うほど心臓が鳴っていた。

「久しぶりに連休だったよな、ちょっとはゆっくりできたか?」

「はい、おかげさまで」

駄目だ、ここでこれ以上見てはいけないものだ、と直感していた。そしてこれを誰が送ってきたのかも。ひとりしかいない。つながらなかった電話と望の顔が頭の中でもつれる。


翌日、俺の家に来てもらえないですか、と静と西口《にしぐち》にメールで頼んだ。深夜よりは明け方に近い時間帯、ふたりとも何も訊《き》かずに集まってくれた。

「これ、見てほしいんです」

冬梧の家にはプリンターがない。オフィス街のコピーセンターで出力した紙束をふたりの前に置いた。最初の数枚の概要に目を走らせると示し合わせたように顎《あご》に手を当て、考え込む。

真秀製薬の看板商品のひとつである風邪薬「シトチナール」に、発がん性のある成分が含まれている。ラットよりもちいさなマウスを使った動物実験で真秀側はそれを認識、しかし十年前、厚生省に認可申請をする際、危険性を示唆《しさ》する臨床実験結果の数値を書き換えて提出、承認された――ROMにはその経緯や実験記録の詳細なデータが詰まっていた。

「おいおい」と最初に声を上げたのは西口だった。

「シトチナールって、俺結構飲んでたぞ」

「CMばんばんやってるしな。そろそろシーズンだ。……和久井」

「はい」

「これ、現時点でどの程度ウラ取れてる？」

「科学的なことは全然分かりませんが、認可や承認の日付とか、時系列に関しては間違いないです。そこに書いてある厚生省の担当者もちゃんと実在してました。それと――まだ関連は不明ですが、二ヵ月ほど前、真秀の社員がひとり、自殺してます。製薬部門の研究者だそうです。自宅で首を吊《つ》ったってことで、それ自体に事件性はなかったようですが」

「なるほど」

百枚を超える文書と、その中身の重みを計るように西口が持ち上げ「記事にしてからガセでしたって分かったらどうなるかな」と冗談めかして言った。

「広告局が発狂する」

静は真顔で答える。

「八つ裂きか～」

好不況の波に影響されにくい製薬業界は、マスコミにとって貴重なスポンサーのひとつだ。しかも大手の真秀製薬、もし濡《ぬ》れ衣《ぎぬ》を着せて怒らせた場合年間何億の損失になるのか、想像するだけで風邪を引けそうだ。

「ま、夜も遅いし無駄話してる場合じゃないな」

西口はあくびをこぼしたかと思うと急に厳しい顔つきになり「ネタがネタだけに極秘って

のは無理だな」と算段を始める。

「社会部からと、科学部からも助っ人がいるだろ、データを洗えるやつ。経済部にも話通しとかなきゃだし、政治部の、厚生省担当してたやつで使えそうなの……」

「上はどうする?」

静が尋ねた。

「社会部マターだと、デスク……笹山《ささやま》さんあたり?」

「駄目だあいつ、せこいからな。横取りして自分の手柄にするかもしれない。慎重にいこう」

口を挟《はさ》めず傍観している冬梧に「お前のネタだからな」と言い聞かせる。

「和久井含めた取材班組んで進めていくことになると思う。整理部はしばらくお休みだ、机きれいにしとけよ」

「や、あの……ちょっと待ってください、手柄とかネタとかって、俺は」

どうしたらいいのか分からないので相談したかった、というだけで、いきなりこんな実務の話をさくさく進められると面食らう、と戸惑いをあらわにすると「悠長なこと言ってんなバカ」と叱《しか》られた。

「いいか、どこの家の救急箱にも入ってるような市販の風邪薬に発がん性だぞ。とんでもない話だ」

「でも、ガセかも」

「だから、それをこれから固めるってんだろが。それに、お前にはこれが本物だって思えるわけがあるんだろ？　だからこんな時間に俺たちを呼び出したんだろ？」

「それは――」

「いや、いい、言うな」

恐ろしいほどの形相《ぎょうそう》で遮られた。

「本物だとしたら、社外の人間にこんなもの作れるはずがない。内部告発だ。ネタ元に心当たりがあるんなら、今この瞬間から情報源とは一切連絡を取るな。誰にも話すな。もちろん俺たちにもだ。これから先は道で会っても知らん顔、赤の他人だ。住所とか電話番号とか手紙とかあるんだったら確実に処分しとけ、どっからかぎつけられるか分かったもんじゃない」

「え」

「明るみに出たら、真秀の社内では必ず強烈な犯人探しが始まる。……俺も昔、内部告発扱ったことあるよ。信金の不正経理だった。記事にした途端、体質改善どころか『情報漏洩《ろうえい》調査委員会』立ち上げてんだぜ、えげつないだろ。でも人間の倫理と企業の論理は違う、真秀ほどの大企業なら、プレッシャーも桁違《けたちが》いだろ」

「漏洩者もリスクは承知してると思う」

静が言った。

「だからこそ、ただ『改ざんがある』っていう密告だけじゃなく、ここまで膨大なデータをよこしてきたんだ。相当腹をくってないとここまでできない。……勇気が要ったろうな」

「……ですよね」

冬梧はちいさくつぶやく。

――和久井さんを見てると、僕も頑張らなきゃって思います。

――元気が出たら、頑張れる。

冗談じゃない。買いかぶりやがって。

はは、と場違いな笑いがこぼれた。

「そうですよね、すごいですね、俺なら絶対できない……」

「冬梧！」と西口に肩を揺さぶられた。

「しっかりしろ！　死んでもネタ元守るのが記者だろ、お前が動揺するな」

「西口、時間が時間だから声を抑えろ。……取り合えず、今日は俺たち引き上げるよ。和久井もまだ混乱してるだろうし」

ふたりを見送り、あてどなく近所をふらついた。朝刊を配るカブの音がどこかから聞こえてくる。

自殺した男の名前は、生駒《いこま》といった。望が好きだったという男。住所からいっても間違いなかった。

生駒はおそらく、改ざんを知っていた、あるいは何かの機会に知ってしまった。良心の呵《か》

責《しゃく》と会社からの圧力の板挟みに耐えられなくなってしまったのだろう。そして「殺された」と激しい言葉を使った望は真相に気づいている。生駒から何か打ち明けられていたのかもしれない。

――何もできなかった。

あの夜の涙のわけを、こんなかたちで知るとは思わなかった。一度だけ抱いてほしい、と求められたわけも、電話が不通になっていたわけも。望はずっと悩んでいた。迷っていた。冬梧は、何も知らないままその背中を押していたのだ――告発、という方向へ。

ひでえ、と冬梧は洩らした。誰も聞かない声、誰も知らない声。

ひどいよ、ひどすぎるだろ、有村さん。こんな終わり方があるかよ。何も言わずにさあ。「忘れませんから」が最後の言葉だったなんて。あんなにすがしく笑いながら、もう覚悟を決めていたなんて。

会いたい。この街の道のどこかは、望のところに続いているのに、どこに足を向けていいのかすら分からないのだ。冬梧は望を守らなければならない。望が勇気を振り絞った行動に報いなければならない――赤の他人になることで。

夜の底が、赤く明け始めていた。始まるのだ。長い一日が。長い長い終わりが。

もう会えないんだ。何度日が昇ろうと、何度日が暮れようと、あの人には会えない。声を聞くことも、笑った顔を見ることもない。

めちゃくちゃに叫び出したかった。唇に歯を食いこませ、冬梧はひたすら歩いた。

部署をまたいだ特命の取材班が結成され、厳重なかん口令のもとで裏取りが進められた。冬梧ももちろんその一員として真秀を辞めた関係者や、薬事法に詳しい弁護士にあれこれと話を聞いた。笑える話、いくらでも使っていい、と取材費の仮払金を分厚い封筒で手渡された時、ネタの大きさをようやく実感した。

データがまったくのうそじゃないのか、というかすかな期待は、日々潰《つい》えていく。真秀の不正はほぼ確実だった。こちらの調査にひとつでも瑕疵《かし》があれば訴訟もの、でもぐずぐずしていると他社に勘づかれるかもしれない——取材は、走っても歩いても駄目な競歩に似ている。

そしておよそ二週間後、「これなら大丈夫」と編集局長レベルのゴーサインが出て掲載日が決まった。日曜日の朝刊。企業も省庁も閉まっていて、おまけに夕刊も出ないから他社は後追いに動けない。日月の紙面で大きく引き離し、このまま独走する、という方針だった。一面の最上段をぜんぶ使った黒ベタ白抜きの見出し。「『シトチナール』に発がん性」。バカでかいそれが載ったゲラを何度眺めても、数時間後に新聞になっているという実感がわかない。一面記事の署名は「和久井冬梧」のみ。もちろんひとりで書いたわけじゃなく、これは西口が「第一報は和久井を立ててやってください」と上に掛け合ってくれた。

一面の降版時間が迫っていた。政治にも経済にも市井《しせい》にも、これをひっくり返すような事件は見当たらない。

「和久井」と静が呼ぶ。

「せっかくだからお前、自分で降版しろ」

「……はい」

特別な作業じゃない。校閲《こうえつ》までチェックを通り、紙面はすっかり組み上がっている。後は端末上の操作でデータを刷版に送信するだけの話だ。

静に譲られたパソコンの前に座る。すっかりご無沙汰《ぶさた》の手順で、懐《なつ》かしい。

「日付間違いなし、題字入ってます、オーバーフローありません」

声に出して最終確認をし、デスクの許可を待つ。

「よし」

「記事校了します」

『校了』をクリックすると、すぐに『完了』という表示が出た。お疲れさまでしたー、の声が飛び交う中、「おめでとう」と静が肩を叩く。

「一面全段見出しの記事なんか、定年まで記者やっててもなかなか書けないぞ」

「俺は別に、何も……」

「何言ってるんだ、和久井のお手柄じゃないか。これからもっと忙しくなるぞ、よそがいっせいにうちを追ってくるからな。しばらくは大変だと思うが、身体《からだ》には気をつけろよ」

それからしばらくぶりの半休をもらい、溜まった洗濯物をがんがん洗いながら次の取材の段取りをつけていると、静からメールが入った。

『すごい反響だぞ。駅売もコンビニも販売店も軒並み売り切れになって、販売局に欲しいって問い合わせの電話がじゃんじゃんかかってる。記事のコピーをＦＡＸして対応してるそうだ』

そうかこれって、スクープだったんだ。家に届いた朝刊をしげしげ眺めた。

現場に出たい、スクープ取りたい。俺の記事をみんなが貪《むさぼ》り読むところが見たい——冬梧がかつて洩《も》らした本音。夢に見たものが、目の前に、手の中にある。

望に、訊きたかった。

有村さん、俺の願い、叶えてくれようとしたのか。九十九％まで生駒の仇討《あだう》ちだったとしても、残りの一％ぐらいは、俺のためにしてくれたことなのか。

でも、有村さんと引き換えなら、いらなかったよ。

めまぐるしく日々は過ぎた。真秀は早い段階で事実を認めてシトチナールの回収に動いたものの、責任の所在となると「当時の担当者が」「合併前の旧部門からの引き継ぎで」とのらりくらりし始め、さらには厚生省への過剰接待、ほかの製薬会社でも同様のケースが発覚、とネタはつきない。

これはいつが「終わり」なんだ？ と家にも帰れない生活の中でふと冬梧は思った。水面《みなも》に投げた小石が波紋になり、大きな渦《うず》になり、もう元には戻せない。ライバル会社がシェアを伸ばして小躍りする一方、株価の暴落で大損して頭を抱える投資家がいる。どこにどんな影響を及ぼすかなど、もう誰にも分からないのだった。

特ダネ、というものの恐ろしさが身にしみる。最初からそうだったのだが、俺の手には負えない、というおののきは膨らむ一方だった。

一週間ぶりの家に戻る。といっても着替えを取りに行くだけだ。この往復の時間だけでも仕事を忘れたい、と思ったが、ほかに考えるべきこともないのだった。プライベートでどこへ行く予定も、誰と会う予定も。終電の窓に映る自分の顔はみっともなく疲労をあらわにし、この一ヵ月で五歳ほど老けたような気がしていた。

最寄り駅のホームを踏んだ時、「すみません」と声をかけられた。見ると、ソフト帽に背広を着た身なりのいい老人だ。

「はい？」

「区役所方面へ行くには、どちらの出口が近いんでしょう」

「北口ですよ」

「ありがとうございます」

老人は帽子を取り、丁寧に頭を下げる。

「いえ」

「お礼をさせてください」

「いやそんな、結構です」

「いえいえ」

ただ道を教えただけなのに、と戸惑う冬悟の手にぎゅっと何かを握らせた。感触から言って、おそらく封筒か何か。それにしても、驚くほど強い力だった。

「ちょっと……」

「小切手です」

にこにこと、笑みを崩さずそう言った。

「お好きな金額を書き込んでいただいて結構ですから——もう、記事を書くのをやめてもらえませんかね?」

相手が年寄りであるのを忘れ、冬悟は思いきり手を振り払った。夏でもないのに、じわっといやな汗がこめかみににじむ。

「……いやです」

それだけ口にするのが精いっぱいだった。老人は地面に落ちた封筒を拾い上げ、もう冬悟には何の興味もないように反対方面の終電へと乗り込む。悠々とした、焦りも恐れもない足取り。こっちのほうがよほどびびっていた。追って、何者ですかと訊くこともできない。自分の身の上に起こったできごとだとは信じられず「シャッター閉めますよ」と駅員に追い出されるまで立ち尽くし、鉛《なまり》のような足を引きずってのろのろ歩いた。

新聞には確かに署名が載っている。でも、だからって顔と住所まで割るか? そこまでするのか、という寒気の中で西口の忠告を思い出した。

——必ず強烈な犯人探しが始まる。

内部告発は、死んだ生駒の置き土産。そういう、暗黙の空気がある。死ぬ直前にデータをマスコミに送付したのだろう、という憶測は、言葉は悪いが隠れ蓑《みの》として有効だった。もちろん冬悟は何もしゃべらないが、生駒の妻によれば、真秀の人間から「旦那さんは重要書類を持ったままだ」と家捜《やさが》しされ、彼女自身も「生前に何か預かっていないか」としつこく問い質《ただ》されたらしい。

しかし真秀はまだ疑っているに違いない。「真犯人」は、協力者は、と血眼《ちまなこ》で社内の動きに目を光らせているだろう。研究職じゃない望へのマークはゆるいかもしれないが、聞き取り調査でもされれば生駒と個人的な親交があったのはすぐにばれる。

落ち着かず、あたりをきょろきょろ窺《うかが》いながら帰宅した。もうとっくにばれていようと、尾行されているかもしれないと想像しただけで気味が悪い。

上着も脱がずキッチンに直行し、フライパンをコンロにかけた。以前台所を稼働させたのがいつだったか、もう覚えていない。そしてこれからするのは料理なんかじゃない。

財布に入れっぱなしだった写真をそこに入れ、非常用のマッチを擦《す》ってそのまま落とせば身悶《みもだ》えるようによじれながら燃え上がった。溶けたプラスチックに似たいやなにおいが鼻をついて吐きそうになり、換気扇を「強」にする。

写真ぐらいならいいだろうと甘えていた。でも、望につながるどんな糸も絶たなくてはならないのだと思い知らされてしまった。真っ黒な燃えかすが冷えていくのを、ただ眺める。

望はどうしているのだろうか。自分で決めたこととはいえ、監視されながら平静を装って働き続けるストレスは相当のものだろう。だからといってこのタイミングで退職するのは「私です」と告白するようなものだ。

元気か、ちゃんと食べているか、ちゃんと眠っているか、ただそれだけを伝えられたらどんなにいいだろう。もうひとりで頑張らなくていい、俺がぜんぶ引き受けてやる、と言えたら。

ひと目でいい、遠くから一瞬でいい、会いたいのに。

取材班のキャップから電話が入った。

『真秀の社員が、お前に折り入って打ち明けたいことがあるんだと。今受付にきてるんだよ』

一瞬全身の血が騒いだが「女だぞ」という冗談めかした声ですぐ正気に戻る。そんなはずがなかった。

「誰か話聞いといてもらえませんか？　俺、会社戻れそうにないっすよ」

『どうしても和久井さんじゃなきゃ駄目だ、何時間でも待つって言ってるそうだ。二匹目のドジョウじゃねえの』

いやみと嫉妬がにじんでいた。棚ぼたで特ダネ取りやがって、というムードを社内のあちこちで感じ、そのせいもあってこのところひどく疲れていた。やったな、という褒《ほ》め言葉の副音声は「内部告発なんだからこいつの手柄じゃないのに」だ。冬梧だって立場が違えばぎりぎりと妬《ねた》んだかもしれないから、怒る気にはなれない。しかしそんな空気の中、菊池《きくち》は一切態度を変えないので、好みの問題はさておき西口は見る目があると思った。

予定を何とかやりくりして社に向かい、アトリウムのロビーに赴いた。ソファにはそれらしき女が座っている。

「和久井です」

「すみません、お忙しいところを」

「いいえ、お話ししてくださるということなので……ここじゃ落ち着かないですよね、よろしければあっちの喫茶店に行きましょうか？」

「はい」

女が頷《うなず》いたので回れ右して、先に立って喫茶店に行こうとした――までは覚えている。数歩目で後頭部に衝撃を感じ、冬梧の意識はそこで途切れた。


冬梧は、かくりと首を落とした拍子に目を覚ました。

「あ――」

「信号、青になりましたよ」

助手席の望が前を指す。

「ごめん、やばかった、一瞬オチてた」

「忙しかったですもんね」

「うん」

車を発進させながら、どうして忙しかったんだっけ、と思ったが、出てこない。まあいいか、と深くは考えない。

道の両側ではいちょうが黄金をたたえている。

「きれいですね」

望が言う。

「ほんとだ」

冬悟はアクセルを踏み込む。ここはどこだっけ？　どこに行くんだっけ？　どうでもいいや、傍にいるんだから。

「有村さん」

「はい？」

「どこにも行かないよな」

「何言ってるんですか」

はにかむように笑う。

「当たり前じゃないですか」

だよなあ、と冬梧は照れた。

「何でそんなこと思ったんだろう」

道幅はどんどん狭くなる。いちょうは車の両脇に迫り、視界はサフラン色の葉に埋め尽くされていく。けれど冬梧に不安はなく、スピードを上げて車を走らせる。

まぶしい。


まぶしくて目を閉じた、そして開くと静の顔が間近にあった。

「和久井……」

そのほっとした表情を見ると、一瞬で現実が押し寄せてくる。頭がずうんと疼《うず》いて顔をしかめると「大丈夫か」と覗《のぞ》き込んでくる。自分がどこかに横たわっているらしいのをやっと認識した。

「静さん」

「お前、殴られたんだよ。ここは病院だ」

ベッド横の丸椅子に腰を下ろし、静が言う。

「お前に会いに来た女性、な。夫が真秀の社員だったんだ――おい、急に無理して動くな」

「大丈夫です」

支えられながら上体を起こし、ナースコールに手を掛ける静をとどめた。

「何があったのか教えてください」

「……一連の報道がもとで、子どもが学校でいじめられたそうだ。お前の父親は人殺しの薬を作っていると。登校拒否になり、当の父親も憔悴《しょうすい》してフォローできる状態じゃないし、新聞に書かれたせいで何もかもうまくいかなくなった、だから一報を書いた記者に復讐しようとした――逆恨《さかうら》みだよ、和久井が気に病むことはない。警察にも訊かれると思うが、被害届はどうする？」

「出しません」

「だろうな」

「それより、載ったんですか」

冬梧は尋ねた。

「そのこともう、記事になったんですか。まだなら差し止めてください、お願いします」

静は苦い顔でかぶりを振った。

「もう遅い。お前、金づちで殴られてまる二日眠ってたんだよ」

「え？」

「女の力だから、幸い外傷はたんこぶぐらいのものらしいが、なかなか脳しんとうから覚めなくて、寝ているというよりは意識が混濁してる感じだったな。ぶっ通しで走り続けてたから、疲れのせいもあるよ。ほっといてもそのうち倒れてただろうって西口も言ってたぞ。……記事はベタの扱いで名前を出してない。お前も先方もだ。ただ、傷害事件がうちの社内で起きてしまった以上、無視っていう選択はありえない。よそが実名を報じるのも止められない。分かってくれ」

冬梧は口をつぐんで顔をそむけた。

「……和久井。当たりどころが悪かったら目が覚めなかったかもしれないんだぞ」

いっそそれでいい、と言いたかった。あの幸福な夢の中にいたかった。

「でも今は起きてます。それで、俺が書いた記事が原因でひとつの家庭がぶっ壊れてる。表面化してないだけであちこちで色んな修羅場が起きてるんでしょうね」

「だから書かないって選択肢もありえなかった。自分の仕事を否定するのか？　お前だって、俺たちのところに持ち込んできた時点で覚悟はしていたはずだ」

「ええ分かってますよ‼」

静が悪いんじゃない、こんなのはただの八つ当たりだ——頭では理解しながら、今までがむしゃらに動くことでどうにか押さえつけていた感情が噴き出してくるのを止められなかった。

「何なんすか、俺がやったことって何なんすかね？　『シトチナール』にちゃんと解熱効果があるのも確かじゃないですか。厚生省の基準をクリアしてなかったらそれは絶対に危険な薬なんですか？　発がん性発がん性って、食品添加物ばんばん摂《と》って酒や煙草《たばこ》続けるほうがよっぽど危険なんじゃないですか？　それを、毒薬でも流通させたみたいに――」

黙ってりゃよかったのに、口をぬぐってりゃよかったのに。そうしたら今も、当たり前に過ごせていたのに。さっきまで見ていた夢のように。俺は、有村さんが思うようなご立派な人間じゃないんだよ。本当に思いをぶつけたい相手は、傍にいない。これからも。

静は痛ましい目で冬梧を見て、「限界だな」とつぶやいた。

「駄目だ、お前はもう休まなきゃいけない。これ以上神経すり減らしたら和久井がぶっ壊れる」

「そんなこと」

「和久井、聞いてくれ。異動の話が持ち上がってる」

「何でこんな中途半端な時期に」

「この件から外すべきだっていう上の判断だ。お前が取材班の中心人物だと目されている以上、今回みたいなトラブルに巻き込まれないとはいえない。東京以外……ことによったら外報部で海外支局かもしれない。じきに直接打診されるだろうが、俺は、そうするのが和久井のためだと思う。『シトチナール』はもう店頭に並ばない、お前はじゅうぶん取材を果たした」

「……英語なんかしゃべれません」

「何とでもなる。最終的にはお前が決める問題だが、もしもう一度こんな事件が起きたら会社の責任問題に発展しかねない。厄介《やっかい》払いと言ってしまったらきついかもしれないが、それを危ぶんでいる人間が一定いることは覚えておけ」

冬梧の肩を軽く叩き「きょうはこれを届けにきたんだ」とかばんからクリアファイルを取り出した。

「起きなきゃ持って帰るつもりだったから、よかったよ」

「何ですか」

「お前宛の郵便物。悪いが、警戒して全部開封させてもらった。特に怪しいものはなかったんだが、ひとつだけ」

何の変哲もない茶封筒を抜いて差し出した。リターンアドレスはない。

「お前には意味が分かるのかもしれないから」

封を逆さまにすると、中からは黄色いいちょうの葉がひらひら落ちてくる。夢で見たのよりはずいぶんくたびれ生気を欠いていて、でもだからこそ、現実に生きている望からのメッセージだと強く実感した。

手のひらに受けた瞬間、冬梧の目からは涙があふれた。初めて会った時の望みたいに次から次へと、止まらなかった。報道で冬梧の負傷を知ったのかもしれない。だから、言葉じゃなく、冬梧だけに伝わるサインを。

「静さん――」

泣きながら言った。憤りの次は弱音が止まらなかった。

「もういやだ、俺、この仕事辞めたい……妬まれたり、憎まれたり、殴られたり――でもそれよりもっと、つらいんです、たまんないです、何してる時でもつらいんです、忘れられなくて――……どうしても忘れられなくて……」

「駄目だ」

いつも優しい静が、その時はにべもなかった。

「どうして」

「分からん。……でも、それを送ってきた誰かは、お前に記者を続けてほしいんじゃないのか」

冬梧はうずくまり、動物みたいに嗚咽《おえつ》して泣きじゃくった。ぼたぼたときりなく落ちる涙が、乾いたいちょうの葉を濡らした。

外報部から社会部のデスクを命じられ、十七年ぶりに日本の土を踏みました。社屋も違えば仕事の勝手も違い、まだてんてこまいの日々です。変わったもの、変わらないものをひとつひとつ確かめる余裕もなく、荷ほどきも中途半端なまま、この週末も本社主催のチャリティバザーに駆り出される予定です。今年はご当地グルメの屋台なども充実しております、ぜひご家族でお越し下さい。【和久井冬梧】

外線のランプを点滅させて鳴る電話を取ると、西口からだった。

「お疲れさまです」

『よう。あのさー、こないだのバザーで出てた鍋のセットって余ってない?』

「すぐなくなりましたよ」

『あーそっかー。ところで埼玉の誘拐殺人な、弾《はじ》けそうだぞ』

相変わらず本気と冗談の境目が判然としない口調で、さらりと聞き捨てならない台詞《せりふ》を言う。

「どういうことですか」

『もう県警が任同かけようとしてるってよ。あしたの午前中だ。市内に住む三十代の男』

先月起こった事件はめぼしい進展がなく、捜査は暗礁《あんしょう》に乗り上げているというのが大方の見方だった。政治部の西口がこんなに断定的な物言いでよこしてくる情報の出処が気になる。

「そんな話、聞いたこともないですよ。まったくのノーマークだ。誰からですか」

『どっかのセンセイってことで勘弁してくれよ、それ以上は言えねえ。まあでも、確かな筋だ』

「朝刊でトバしても大丈夫ってことですね」

『いーよー』

「ありがとうございます」

県警に詰めている担当者にその旨《むね》を電話で伝えると若い記者は釈然としない反応だった。

『三十代の男、すか。完全に初耳なんですけど。よそだって知らないと思いますよ』

「だろうな」

『どこ情報ですか』

「消息筋」

新聞における決まり文句を述べ、今教えた情報で短い記事を出稿するよう指示した。消化不良の「分かりました」を聞き終える前に電話を切る。

不満は当然だ。血眼で警察の跡を追いかけて得られなかった手がかりを、目の前に投げるようによこされれば「今までの努力は何だったのか」とむなしくなるのが人情だろう。

おそらく県警のキャリアあたりが酒の席で国会議員にしゃべったのだ。「あの事件、実は……」なんて調子で。それが西口に流れた。西口から提供したお返しもあるのかもしれないが、それは西口の秘密だ。

こっちが食らいついても食らいついても取れないネタが酒の肴《さかな》にされる。何の理不尽でもない、情報は本来不平等なものだ。

席を立って整理部に向かう。一面のアタマを空けておいてもらわなければならない。

「ああ、西口から聞いてる」

と静は言った。

「どのくらいの分量になりそうだ?」

「せいぜい二〇〇字でしょうね。見出しのほうがでかいぐらいでお願いします」

「四段使うとそうなるだろうな。リークがあったんだって?」

「西口さんのルートで。毎回こうなら楽でいいんですが」

静の眉《まゆ》がおや、と言いたげに動いた。そんなことを口にするとは、こいつすこし変わったな——そう思われているのが分かり、冬梧はやや強引に「そういえば」と切り出した。

「『本名』に戻ったんですね」

誰だって変わる、誰の上にだって同じだけの時間が流れた、と言外に含ませると「ああ」と察しのいい苦笑で冬梧への違和感を流してくれた。

「今度また、西口交えてめしでも食おう。まだ帰国したてで忙しいだろうから、落ち着いたら教えてくれ」

「はい」

その西口も、冬梧が日本を離れている間に菊池と結婚し、離婚したらしい。人づてにそれを知った時、「ああそうか」としか思わなかった。残念だな、でも、やっぱり、でもなく、ただ知り合いの消息を聞いた、以上の感慨がなく、そんな自分に驚いた。

西口は今でも頼りになる兄貴分で、尊敬する気持ちに変わりはない。でも、布地のほつれにも似たささやかな嫉妬をしていた二十五の冬梧は、いつの間にかどこにもいなくなっていた。

「ちょっと出てくる。十五分ぐらいで戻る」

記憶の蓋がずれそうになると、身体を動かして意識の矢印を変えることにしている。すこし外を散歩しようと思った。海外支局を回っている間に移転した社屋の近所はまだ何もかもが目新しく、新雪に足跡をつけるような気分で歩いた。

そして会社に戻る時、玄関前から強い視線を感じた。

女だ、というか女の子。セーラー服を着た少女がじっと冬梧を見つめている。短くそろえられた前髪が上がり気味の眉をさらに強調していて、今時の若い娘にしては珍しく、まっすぐ伸びた髪は黒い。どこかの高校のロゴが入ったスクールバッグの持ち手から、ちいさなうさぎのマスコットがぶら下がっていた。

見覚えもなければ凝視される心当たりもない。冬梧は気づかないふりで通り過ぎようとした。

しかし少女は遠慮ない足取りで歩み寄り、大胆に行く手を阻《はば》んだ。その視線は冬梧の胸、ポケットにしまい忘れたＩＤカードに注がれている。

「……何か?」

女子どもとはいえ、こうも不審な行動に出られると優しい対応はできない。自動ドアの先に立つ警備員に目をやりながらやや高圧的に尋ねたが、少女は気にもならないようにまっすぐ冬梧を見上げた。

「……わくいさん」

「は?」

「わくいさん、て、言うんですか」

カードの名前を注視していたのか。まさかナンパでもないだろうし、一体どういうつもりだ。

「君は?」

「私、有村未帆《みほ》です」

少女は言った。

「お父さんの名前は、有村望」


「そんな人は知らないな」

冬梧はそう答え、未帆と名乗った少女をよけて会社に入った。

「待って！」

そのまま振り返らずに歩く。警備員と言い合う声が聞こえても歩調をゆるめなかった。といって早足にもならず、何事もなかったかのようにエレベーターホールに行き、エレベーターに乗り込む。

扉が閉じて上昇を始めると思い切り壁を殴りつけた。どん、という振動よりもっと激しく、心臓は揺れていた。

有村未帆だと？　どういうことだ？　動揺で脳内の酸素を消費したか、軽いめまいがする。

何で今さら俺の前に——しかも本人じゃなくて娘が現れる？　自称に過ぎないが、だからと言って赤の他人が身分を騙《かた》り、接触してくる理由も分からない。

秘密のはずだ。時効などありえない。何年経とうが、望を裏切者だと憎む関係者は必ずいるだろう、リスクは減れどもゼロにはならない。だから冬梧は真秀に関する情報はすべて遮断してきた。日本を離れてしまえば簡単なことだった。

考えたくなくて散歩に出たのに、頭が煮えて湯気を出しそうだ。あんな不意打ち、予想もしなかった。眠っていた不発弾に無理やり着火された衝撃で足がふるえそうだった。

俺はちゃんと、知らん顔で「知らない」って言えてたか？

その夜は、どうしてもまっすぐ帰る気になれなかった。社を出る時には未帆はおらず、警備員に尋ねると「どこかへ行きました」と答えた。

「一応、日報に書いて注意するよう引き継ぎますが、警察に相談しますか？」

「いえ、そこまで大げさな話じゃない」

「あの制服、たぶんR高校だと思うんですが、学校に連絡は？」

やや考えたものの、やっぱり「もうすこしようすを見ます」と断った。

ひとりで足を向けたのははるか昔に訪れたバルで、改装はしていたものの、同じ場所にちゃんとあった。ワイングラスを傾けながら思いを巡らせずにはいられない。

望の娘というのは事実なのか？　だとしたらやってきた目的は何だ？　あの人が俺の話をしたとして、あの娘が名前も知らないのは不自然じゃないのか？

赤い水面をじっとにらんでいると、背後から肩を叩かれた。

「……やっぱり、和久井さんだ」

弾かれるように振り返った先には懐かしげに笑う男がいる。面影《おもかげ》をたどれば、かつてここで絡んできたあいつだと思い出すのはたやすく、冬梧は「ああ……」と脱力したような声を洩らした。何を期待したんだ、ばかばかしい。

「外報に行かれたって小耳に挟んでたんですが、こっちに戻ってこられてたんですね」

「つい最近です」

「そうですか——隣、いいですか」

「どうぞ」

あの時も、ここに座っていたっけ？　ひとつ右だったかもしれない。

「その節は申し訳ありませんでした」

腰を下ろすなり、神妙に謝ってくる。

「ここで、和久井さんに失礼働きましたよね」

「昔の話ですよ」

冬梧は苦笑する。

「……本当に、昔の」

「俺、和久井さんが羨《うらや》ましかったんですね」

煙草に火をつけて男はつぶやく。横顔には十七年という年月が積み重なり、でも俺だって同じように年を取った、と鏡でも見るように思う。

「目上のおっかない人に、ああいうふうにぶつかっていけて。みんな口には出さなかったけど、あの時溜飲《りゅういん》の下がった連中だっていっぱいいたはずだ」

「単なる考えなしです」

「そう。普通考えちゃうでしょ。でもあの時和久井さんは考えなかった。とてもまねできないですよ。絶対かなわないんだろうなって猛烈に悔しくて、だから因縁《いんねん》つけずにいられなかった」

喜べはしなかった。むしろ煩《わずら》わしかった。だって蓋が、ずれる。浦島太郎の玉手箱みたいに記憶が洩れ出し、過去という霧の中に迷ってしまいそうになる。

——あの店で和久井さんに絡んだ人は、嫉妬してたんです。

今さら、ご名答が何になるよ。

「今も報道にいらっしゃるんですか」

冬梧のほうから、「現在」に水を向けた。

「いえ、あれから事業とか営業とか転々として、今は情報番組のＡＰ《アシスタントプロデューサー》です。テレビの人間は、記者だけやるっていう採用はされませんから。で、担当は芸能コーナー」

煙と一緒に自嘲《じちょう》を吐き出す。

「離婚とか熱愛とか……報道が上等だって思ってるわけじゃないですが、どうにもね……芸能人の名前聞いてもさっぱり分からなくて、おいこれ有名なのかなんて訊いて、若いディレクターにバカにされてますよ」

「芸能界なら俺の方が分からないと思いますよ。ブランク十七年ありますから」

「ああ、そりゃ大変だ、って何が大変なんだかな」

「はは」

「……これ言ったら気を悪くされるかもしれませんけど、和久井さんと揉《も》めた、あの人ね、最近よくテレビ出てるんですよ。ニュースでコメントとかしてる」

悪くも何も、はあ、としか言いようのない情報だ。

「人権人権ってしょっちゅう言ってますよ。現場じゃ子分引き連れて我が物顔で、若い警官に『おい、レクまだか?』なんて偉そうにしてたくせにね」

「……だからって、テレビ用に聞こえのいいうそをついているとは限らないでしょう」

冬梧は言った。

「何か、考えを改めるようなできごとがあったのかもしれない、それは本人にしか分からない。人は変わるんだから」

「和久井さんの鉄拳のおかげかも」

「まさか」

「まあ……そうですね、状況も色々変わりましたし。今、あんな派手に引き回しなんかやらないですもん。手錠にも腰縄にもモザイクかけますし。時代ですねえ」

インターネットなど当たり前で、携帯を持たない大人は稀少種だ。日本に戻ったら公衆電話はめっきり見かけなくなり、霧笛は廃止されていた。厚生省は厚労省になった。年を取ったぶんだけ世界は変わった。

なのにどうしてだ。望との記憶のかけらに触れるたび、病室で泣いた痛みに立ち返ってしまう。丸まって駄々をこねそうになる自分を抑えなければならない。

今でも会いたい、忘れられない、と。

でも望にはもう伴侶《はんりょ》がいるのだという。女と結婚し、子どもをつくった。別におかしくはない。冬梧が望に惹《ひ》かれたのと同じく、今までの恋愛観を覆す、特別な出会いがあったのかもしれない。未帆が高校生なら、帳尻も合う。

ひとりで耐える日々を、誰かが支えてくれた——結構な話じゃないか。有村さんがひとりじゃなかったのなら、俺はほっとしていいはずなんだ。かたちのない思い出だけがよすがの人生なんて、むなしすぎる。「忘れませんから」という言葉に囚《とら》われて孤独に生きることを願ってはいないはずだった。

でも冬梧は、裏切られたような気持ちになっている。望に失望している。未帆に会ってから、その昏《くら》い感情が心の一角をどんより占《し》めて出て行かない。

数年で転居を繰り返す海外支局暮らしは快適だった。「落ち着いて家庭を構えられない仕事だから」と言い訳し、はなから責任など放棄した相手との情事で若い身体をなだめてきた。日本で起きる何もかもがうっすらとひとごとに思えるのも気楽だった。オリンピックや紛争や国家元首の選挙、社会部では考えられない大きな取材をいくつか経験し、充実していた。

再び社会部へ戻る辞令が下された時、今頃かよ、という思いもあった。そして、もう大丈夫だろう、とも思った。過去はただの過去として処理し、上書きしていけるはずだと。

胸なんて痛まないと思っていた。誤算もいいところだ。

久々に明け方まで痛飲し、頭痛とともに出勤した会社の前で足が止まる。街路樹脇の植え込みにのめり込む勢いでしゃがんでいる後ろ姿が目に入ったからだ。黒髪が地面につきそうだが、気にもならないのか一心不乱にどうやら何かを探している。制服から言っても間違いなく、未帆だ。平日の昼間、学校はどうした？

このまましらぬ顔で後ろを通り過ぎるか、安全策を取って裏口に回るか。

しかしその迷いが空気を伝わったように未帆は振り向いた。

しないか。

は、少女が顔をくしゃくしゃにして泣いていたからだ。高校生ならもうちょっと体裁を気に社内に入ってしまえば向こうは追ってこられない、にも拘《かかわ》らず立ち止まって声をかけたの

「……おい」

「うさぎが……」

「どうした、何があった」

地べたに置いたままのスクールバッグを指差す。

「うさぎ？　あの、マスコットか？」

「なくしたの、きのう、駅で気づいて……」

それだけ聞き取るのにもだいぶ時間を要した。

「どうしよう」

気前がいいほど大粒の涙が、大きな目の輪郭《りんかく》をゆがませた。顔立ちはちっとも似ていないのに、遠慮会釈ない泣き方はどうしようもないほど望を思い出させた。冬梧は半ば無意識にスーツを探り、ハンカチを差し出していた。まるでリプレイだ。

しかし未帆は見向きもせず「どうしよう」としゃくり上げながら繰り返した。

「お父さんにもらったのに、大事なのに、見つからなかったらどうしよう……」

俺に訴えられたってな、と同情半分後悔半分で、逃げるタイミングも逸して突っ立ってい

ると、静がやってきて、冬梧から目を逸《そ》らしぎみにそそくさ通過しようとした。

「静さん！　何で無視するんですか」

「いや、取り込み中なのかと思って。でも会社の近所では控《ひか》えたほうがいいぞ」

何の忠告だ。静と連れ立っていた外報の部長は、制止を一顧《いっこ》だにせずそのまま歩いて行ったし。

「違いますよとんでもない誤解してませんか、俺はただ、彼女が落とし物したって言うから……」

「何だ、そういうことか」

一向に泣きやまない未帆をなだめながら紛失物の大きさ特徴、思い当たる時間帯や状況をじょうずに訊き出すと、冬梧に向かって「あそこの角曲がったら交番があるから」と言った。

「誰かが届けてくれてるかもしれない、ちょっと訊いてきてくれ」

「はい」

としみついた上下関係の習性で駆け出しかけたが、いや待てと踏みとどまった。

「すみませんが、俺はあまり関わり合いになる気は」

「何だって？」

静がぴくりと眉間《みけん》にしわを寄せる。

「や、だって会社行かなきゃ。静さんだってそうでしょう」

「朝刊の作業なんてまだまだ余裕だし、デスクごときが遅刻したところで大勢に影響ないだろう。お前、泣いてる子ども放り出して平気なのか？　そんな薄情なやつだったか？」

「いやあの」

「交番だ、早く行け。俺はあっちを探してるから」

これ以上異を唱えると本気で怒り出しそうだったので冬梧は不承不承従った。色々と醜態も見せてきた相手だけに、頭が上がらないのだ。


交番は空振りだったが、ほどなくしてうさぎは無事に発見される。何のことはない、会社の保安室で保管されていたのだ。きのう、入り口で落としていたのだろう。

ほら、と手渡すと、未帆はぎゅうっと両手で握りしめた。髪に小枝はくっついているし、アスファルトに膝《ひざ》をついたせいで真っ赤になっているし、年頃の娘としてちょっとどうかと思う風体になっていたが、本人は気にもならないようだった。

「ありがとう……」

また、新しい涙をこぼす未帆に静は優しく「よかったね」と声をかけた、が。

「――ところで君、きょう学校は？」

「えっ」

至って現実的な質問をされ、少女は目に見えて焦り始めた。

「……保護者の方に連絡してもらえるかな？」

「あの、私、和久井さんに大事な話が」

「まずは大人の人を呼びなさい」

しっかりと言い含め「後は任せたぞ」と冬梧の肩を叩いて去っていこうとする。

「え、ちょっと待ってくださいよ、ここで放り出します？」

「探し物は見つかったじゃないか。あの子はお前に用があるんだろ？　俺がいる理由もない」

「そんなこと言われたって」

「とにかく、保護者に引き渡すまででもいいから見てろよ。危なっかしいし」

ひそひそ言い合っているうちに未帆は電話をかけ「お母さんが来ます」と報告した。

「そうか、じゃあそれまでこのおじさんとお茶でも飲んでるといいよ」

「はい」

勝手に段取りを決めるな、と思ったが「お母さん」を見てみたい、という欲求がわいたのは確かで、冬梧は未帆を一階のティールームに連れて行った。今度こそハンカチを渡して顔を拭《ふ》かせると、コーヒーを待って「で？」と切り出した。

「俺に話っていうのは？」

「今はいいです」

「は？」

「お母さん、三十分ぐらいで来ちゃうと思うから、時間足りないかもしれない」

「それは、お母さんには聞かせられない話なのか？」

と言うと、未帆は困ったように小首を傾げた。

「分かんないけど、そうかも」

さっぱり話が見えない。いい加減にしてくれ、と相手が子どもじゃなかったら言ってやるのだけれど。店に置いてある各社の朝刊を読んで時間をつぶしていると、テンポの速い足音がまっすぐ冬梧のテーブルに近づいてきた。

「未帆！」

これが「お母さん」か。ごく普通の、どこにでもいそうな女に見えた。スーツを着ているから、仕事の最中だったのかもしれない。これが、望の妻？　嫉妬でもできたらいっそ楽だろうが、そういう気もわいてこない。

「学校にも行かずにこんなところで何やってるの！」

「だって……」

「だってじゃありません、とにかく今すぐ学校に行きなさい。話は帰ってから聞きます」

娘を追い立てると空いた席にすとんと腰を下ろし「娘がご迷惑をおかけして申し訳ありませんでした」と卓につくほど頭を下げた。

「いえ――ご迷惑というか、何が何だかさっぱり。あの、お仕事中だったんですか？　大丈夫ですか？」

「はい。でも不動産の営業なので時間の自由は利きますから」

「ああ、会社の外でさぼるのって最高ですよね」

冬梧の言葉に、くすっと笑う。

「和久井冬梧さんですね」

「はい」

「娘からお名前を聞いてびっくりしました。お会いするのは初めてですけど、新聞記事を拝見していましたから」

彼女はぴっと背筋を伸ばすと「有村綾子《あやこ》と申します」と言った。

「死んだ生駒の妻、と言えばすぐお分かりですか？」

お分かりも何も。

「じゃあ、彼女は……未帆さんは」

「ええ、生駒の子です。本人も知っています」

生駒の遺族に取材したことはなかった。避けたわけじゃなく、単なる人員の割り振りの結果だ。隠ぺいが報じられると未亡人はいち早く弁護士を立て、心痛を理由に報道陣への釘《くぎ》を刺したから、事件が表に出てからはどこの社もおいそれと近づけなかったと聞いていた。

綾子は、自分のぶんのコーヒーをオーダーすると「すこし、お話をさせていただいてもいいでしょうか」と切り出した。

「私は、薬のデータを暴露したのが夫だったのかどうか、今でも本当に知りませんし、興味もありません。何をどうしたってあの人は帰ってきませんから、事件そのもののことはいいんです」

「それなら、何の話を?」

「昔話です」

うっすらほほ笑んだ。

「生駒は、死ぬすこし前からひどくふさぎ込む時間が増えました。私は、単に仕事が大変なんだろうと思っていて、どうしてあげることもできないし、腫《は》れ物に触るように接するしかできなくて……そんな時、妊娠が分かったんです」

飲み物が運ばれた数秒だけ口をつぐんで、続ける。

「告げたら喜んで、すこしは元気を出してくれるかもしれないと期待しました。でも、その日の夫はいつにも増して悩んでいるようで、私は言えなかった。余計に彼のストレスになるかもしれない、もうちょっとようすを見て、調子がよさそうな時に話そう、そう思いました。

でも翌朝、起こしに行ったら生駒はもう死んでいました。……あの晩、妙な気を遣わずに打ち明けていたら、あるいは子どものために思いとどまってくれたかもしれないと今でも悔やんでいます」

どんな取材を何度重ねても、こういう時にかける言葉は思いつかない。そうでしたか、と頷くのが精いっぱいだった。

「それからはひどく混乱していて——遺体は警察に引き取られ、真秀の方がたくさんうちに来られて、パソコンや本棚や写真立ての裏まであちこち引っくり返していきました。とても怖い顔で、夫が会社に損害を与えるかもしれない、と。私、何も知らなくて、彼が落ち込んでいたのも、自ら命を絶ったのも、仕事で重大なミスをしてしまったからだと思いました。赤ちゃんのことも、自分のことも何も考えられずに呆然と泣いていたら、有村くんが……夫の後輩が駆けつけてくれて、家を片づけ、お通夜や葬儀の支度を手伝ってくれたんです。その後も、カウンセラーとか、弁護士の先生とか、ぜんぶ彼に手配してもらいました。有村くんがいなければ、未帆は生まれてこられなかったでしょう」

「……だから、結婚を?」

惹かれるのも無理はない。母子にとって望は、命の恩人なのだから。冬梧はそう思った。

「未帆が生まれてすこししてから、籍を入れませんか、と言ってくれたのは有村くんです。私はまだまだ精神的に不安定でしたし、赤子を抱えて女ひとりで生活していくあてはありませんでした。彼もそれをよく分かってくれていました」

彼女は一度唇を引き結び「どう軽べつされても構いません」と言った。

「私は未帆を、不自由なく育てたかった。お金の心配や寂しさのない、ふた親のいる家庭で暮らさせてあげたかった。だから私は、有村くんを利用したんです」

「……つまり、恋愛感情はなかったと？」

「だってあの人、生駒が好きだったんですから。私と恋愛のしようがありません」

「ご存知だったんですか」

つい口にしてから、しまった、と思った。望と面識があることを自分からしゃべってしまった。しかし綾子は介さず続ける。

「プロポーズの時、打ち明けてくれました。有村くんは生駒の生前、よくうちに遊びに来ていましたから、その時のようすを思い起こせば、腑に落ちるような部分もあって——でも腹は立たなかったし、気持ち悪いとも思いませんでした。ああまで私たちを支えてくれた有村くんにそんなことを思ったらバチが当たる。有村くんは言いました、私に、本当に好きな人ができたらすぐにでも解消する、だからそれまで未帆の父親役をさせてほしい、と——嬉しかったです、ありがたかったです。ほかに頼れる人なんていませんでしたから。私にとって彼は、大切な戦友のような存在でした。男の人だと意識しなかったからこそ、泣いたり喚《わめ》いたり道端に引っくり返って死にたいと言ったり、みっともない部分も見せられて、傍にいるとほっとして……」

すこしだけ声を詰まらせたものの、気丈に冬梧を見る。未帆とよく似ている。望は未帆に、生駒の面影を見ることもあったのだろうか。

「私は訊きました。これから先の人生、私と未帆の犠牲になって有村くんはいいの、と。有村くんは、僕の人生はもう半分終わったようなものですって言いました。好きな人はいるけど、もう会えないし、その人以外の可能性には意味がない、だからこの先の時間は未帆のためだけに使う、と……」

忘れませんから、と言ったのは、うそじゃなかった。平静を装う自信がなくなり、冬梧は自分から口を開いた。

「お嬢さんは、僕に立ち入った話があるようでした。何かお心当たりは？」

「それが私にも分からないんです」

演技じゃない困惑が浮かぶ。

「和久井さんって新聞記者さんと一緒にいる、と電話があった時、ひどく驚きました。生駒の件は、大雑把にではありますが教えてあります。でも、和久井さんのお名前を出した覚えはないんです」

「でしょうね。彼女はあなたとは逆に、僕の顔を知っていて名前を知らないようでした」

「そうですか……ひょっとすると、有村くんが何か話したのかもしれませんね」

とても仲がいいんですよ、と嬉しそうに笑った。しかし年端もいかない女の子に、冬梧のことをどうやって説明したというのだ。胸にしまうと決めたなら、望は沈黙を貫きそうなものなのに。

「私からも娘に訊くつもりですが、ご迷惑でなければ、あの子にもう一度会ってはいただけませんか?」

「迷惑、というわけではないんですが……」

「頑固な娘ですから、和久井さんだけに打ち明けたい話なら、私にも言わないと思います。血はつながっていないのに、ふしぎとそういうところは有村くんにそっくりなんです。一度決めたら、てこでも動かない」

よく知っています、という言葉は飲み込んだ。

「僕は、日本を離れて事件の消息からも遠ざかっていましたが、お元気でいらっしゃると分かってよかった。旦那さんのことは、本当に残念に思います。取材をさせていただく身でありながら、お線香のひとつも上げずにいて申し訳ありませんでした」

「……いいえ」

ひとすじだけこぼれた涙を拭《ぬぐ》って、ゆっくりかぶりを振る。

「私、有村くんとひとつ、約束をしたんです」

「約束?」

「そう」

男と女の約束、と笑う。

「もし、もう会えないはずの人にまた会えたら、その時は私や未帆に構わないでいい、有村くんの人生を、もう一度取り戻してほしい。結婚にあたって私が出した条件はそのひとつです。彼は、分かりましたって言ったけど、そんな日はこないと悟りきっているみたいでした。それで、もう十七年……」

「長かったですか」

「子どもがいるとあっという間でしたね。有村くんにとってどうだったかは分かりませんけど……真秀の経営陣はがらっと変わりました。新しい役員の方は生駒の墓参りにきて下さいましたし、組合の発言権も強くなり、公益通報制度も社内でととのえられたそうです。有村くんは、それを見届けて、おととし真秀を辞めました。今はまったく別の会社で働いています。彼も昇給や異動なんかでいろいろと理不尽な目に遭わされていましたから、転職すると聞いた時にはほっとしました」

ただ追及を恐れ、息を潜めて隠れていたんじゃない。望は戦い続け、そして一定の道をつけてから去った。

「十七年、楽しかったです。有村くんは未帆のいい父親で、私にとっては気の置けない友人で家族になりました。でも、彼は、一度も私に自分の弱いところを見せてはくれなかった。

ストレスで何度も胃潰瘍をつくったくせに、うちではいつも笑っていました。私はそれが、ほんのすこしだけ悔しい……」

忘れられる権利、について書いたことがある。ネット事業者にサーバー上から個人情報の削除を要求できる権利だ。欧州委員会で法案がまとめられた、と記事にしたが、その後また支局を移ったので、施行されたのかどうか追えていない。欧州議会と加盟国の承認を得てから二年後の見通し、と書いたのは、いつだったか。

忘れられれば、なかったことか。なら忘れないうちは「ある」のか。実体が傍にいなくても、覚えてさえいれば。永遠に忘れなければ、永遠に一緒なのか。望。

会社のティールームで、未帆と三度目の対面を果たした。

「これ、ありがとうございました」

きれいにアイロンのかかったハンカチを差し出される。

「ああ」

で――と本題に入るのがためらわれて、冬梧は「学校、楽しい？」とどうでもいい質問をした。ここまできて怖気《おじけ》づいてどうする。離れている間の、望の年表が第三者によって埋められていくのは何とも奇妙な心地で、知りたい気持ちと知りたくない気持ちが日ごとに異なる強弱で交錯した。

「はい」

未帆は唐突な問いにも屈託なく答える。

「女子校だから、お母さんは反対したの。男の子の目がないと行儀が悪くなるって。でもお父さんは女子校にしなさいって言って、お母さんが、有村くんはほんとに過保護なんだからって怒ってた」

明るい口ぶりから、家族の良好な関係が窺えた。どういう経緯で一緒になったかなんて、この笑顔の前にはどうでもいいと思えた。

すこしだけ、踏み込む。

「本当のお父さんじゃないって知った時は、ショックだった？」

「あんまり」

「強いんだな」

「うーん、そうじゃなくて、うちはちょっと違うなって、昔から思ってた。お母さんはお父さんを『有村くん』って呼ぶし、お父さんはお母さんに敬語で『綾子さん』だし。お母さんに訊いても、うちはそれでいいのよとか意味分かんないって感じ……高校に上がった時、ほんとのお父さんのこと聞かされて、なるほどーって。それでかーみたいな」

世間一般のパートナーらしく演技する、という考えはふたりともなかったらしい。未帆は恥ずかしそうに髪の毛を触りながら「あのね」と言った。

「中二の時、好きな人ができて、一個上の先輩だったんだけど、好きな人ができたら、何となくそういうの、分かるようになったんです。空気っていうか雰囲気っていうか、うちのお父さんとお母さんは、『両親』だけど『夫婦』じゃないなって。でも仲いいし、やじゃなかったです。ずっとこうだったから、違う感じって想像できないし」

「そうか」

「和久井さんは、私のパパを知ってますか？」

お父さんじゃなくてパパ。それは死んだ生駒のことだと分かった。

「パパはいいことをしたって、正しいことをして死んだんだって、言う人がいる。和久井さんもそう思いますか？」

「分からない」

冬梧は正直に答えた。

「君のパパが遺したものを記事にしたのは俺だ。でもどうやって手に入れたのかは絶対に言えないし、彼の死については、残念以外の言葉を持っていない。もし生きていたらお父さんに負けないぐらい君をかわいがっただろう、君はそれだけを忘れなければいいと思うよ」

彼女の望む答えじゃなかったのかもしれない、お父さんは立派だった、と言うのが優しさだったのかもしれない。でも未帆はしっかりと頷き、テーブルの上にうさぎのマスコットを置いた。

「昔、お父さんと、約束をしたの。三つぐらいの時」

「女の人は、約束が好きだな」

「そうなの？」

「いや、こっちの話だ」

もこもこしたうさぎの後ろ側にはささやかなジッパーが隠れていた。

「未帆は秘密を守れる？　って訊かれて、うんって言ったから」

背中を開き、中に入っていた紙切れのようなものを取り出した。

色褪《いろあ》せた、証明写真。息が止まる。

ふたりで分けたもの。冬梧が燃やしたもの。

「これは僕の宝物だから、未帆が預かってほしいって言われた。誰にも、お母さんにも言っちゃいけないし、見せてもいけないって――……ここに写ってるのは、和久井さんだよね？」

もう、しらばっくれる余裕などなかった。口元を手で覆い、絶句する。持ち続けていたのか。危険だと知りながら。俺は捨てたのに。

ずるいよ、有村さん。

「ありがとう」

約束だから、父親の宝物だと言われたから、それが何かも分からないのに、未帆は泣きながら必死に探してくれていたのだ、と思うと、しぜんにその言葉がこぼれた。

「ありがとう……本当に……」

「ううん」

空気に触れさせるのももったいない、というようにそれを再びしまい込む。

「さっきも言ったけど、自分に好きな人ができてからこれを眺めてたら、ひょっとしたら、お父さんが好きな人なんじゃないのかな、っていう気が、どうしてもしたの。男の人だけど、お父さんはこの人が好きで、この人もお父さんが好き……だから秘密の宝物。それって別に、悪くないんじゃない？　って思った」

「……お父さんにも確かめたのか？」

「ううん、訊いても教えてくれないと思ったし。ずっと、この人は誰なんだろう、お父さんと何があったんだろうって、私の中で謎になってて。でも先月、ここのバザーに来たんです」

帰国早々、設営や販売に駆り出されたあれか。

「お父さんが、ちょっと出かけるって言って、私は暇だったから無理やりくっついてった。そしたら人混みの中でお父さんが急に立ち止まって、遠くを見てた。……遠くには、和久井さんがいた」

望があの場に来ていた。冬梧に気づき、冬梧を見ていた。もう過去になった場面なのに、いてもたってもいられず席を立ちそうになる。

「あっ、てびっくりした。あの写真の人だって。でもお父さんは気づきもせずにずっと和久井さんを見てて……あんな悲しそうな顔、初めて見た。もっと近くに行きたい、声かけたい、でも無理だみたいな。今でも好きなんだってすぐ分かった。だから……だから私、あの人に会おうって決めた。会って、もしお父さんのことを今でも好きなら、お父さんに会ってあげてほしいって、言おうと思ってたの。だってお父さんがかわいそうだから。超緊張したけど、和久井さんが『ありがとう』って言ってくれてよかった。もし、嫌いになって別れたんなら、写真なんか持ってられてもうざいだけでしょ？　だから――」

未帆はぐっと身を乗り出し「お父さんに会ってください」と言った。

「いや――待ってくれ。あくまで君の推測で、本人が俺に会いたいって言ったわけじゃないだろう。この場で軽々しく返事はできないよ」

「じゃあお父さんに訊いてみる」

「待て待て」

即座に携帯を取り出すのを、慌ててとどめた。世の中ってそんなに早くちゃ駄目だろう、と思う。

「急には無理だ、本当に長い間会ってないんだ。君にはぴんとこないかもしれないが、いきなりそんなこと言われてもびびるんだよ」

「何で？　お父さん、太ってもはげてもないよ？」

子どもらしい健《すこ》やかさに不意を突かれ、冬梧は大いにうけた。帰国してからこっち、初めて心から声を上げて笑ったように思う。

「何で笑うの？」

「いや――ごめん。そういうことじゃないんだ」

未帆を見て、言った。

「第一、太ってもはげてても好きだよ」

「わあ」

両手で頬《ほお》を挟み「かっけー」と足までばたばたさせる。

「未帆も言われてみたいよー」

「先輩とは、どうなった？」

「卒業式の時に告ったけど駄目で、プリクラだけ撮ってもらった」

「プリクラって今でもあるのか」

「え、そんな昔からあるの？」

「あるよ」

「ふーん……漫画だとみんなくっついてるのに、全然うまくいかない。彼氏とか、いつかちゃんとできるのかな？」

思春期らしい危惧だ。

「できるよ」

「ほんとかなー……」

未帆の未来。生駒が見届けられなかったもの。望が守ろうとしたもの。

そして冬梧にも、ちゃんとそれはある。


久しぶりに車を運転した。左ハンドルとトラブルが怖くて海外ではいつも人任せだった。レンタカー屋で初めて乗る車種をチョイスし、エンジンキーを挿し込むまではおっかなびっくりだったが、いざ道に出てみれば手順や道交法をことさらに意識するまでもなく、身体は勝手に動いた。えらいもんだな、と自分に感心する。ブランクがあっても自転車に乗れるのと同じだろうか。肉体にしみついたやり方は、覚えておこうとしなくても忘れない。

あの道を、もう一度海へ。助手席には誰もいないけれど、きょうはよく晴れているけれど、同じように平日の昼間。

未帆には、すこし待ってくれと保留にしてもらっている。おかしな話だ、あんなに会いたかったのに、いざとなると引き延ばしている自分がいる。

すぐにでも会いに行きたい気持ちは確かで、でも会って何を話す？ これからどうする？ 未来に考えが及ぶと、途端に頭が真っ白になってしまうのだった。十年前——五年前でも飛びついていたと思うのに、年取るごとに身体も頭も瞬発力を失っていく。

東京を抜ければ、景色のどこが変わってどこが変わらないのか分からない。舗装され直した、真新しいアスファルトの部分は俺がいなくなってからかな、と地面を見て思う程度だ。

海岸線と並走し、そこから一転、高原じみた風景が広がる有料道路をゆき、終点には展望館がある。入館料を払い、喫茶コーナーのある展望室を通り過ぎて屋上まで出る。風が強く、気温が低いせいか誰もいない。

太平洋に突き出た半島の果て、そしてあの白い灯台まで見渡せ、そのずっとずっと先では水平線がごくゆるやかに湾曲していた。地球のカーブだ、と思うと何やら壮大なところに来てしまった気分だ。沖から色合いが濃くなっているのがはっきりと分かる。弧のふちはかすかに発光しているように淡くぼやけて、冬悟は目を細めた。

この景色は、いつからこうなのだろう。いつまでこうなのだろう。ことによると人間が人間として生きるより前かもしれず、生き物が絶え、この建物や道が朽ち果てた後にも同じ姿で在り続けるのかもしれない。

陸に記憶はあるだろうか、海に記憶はあるだろうか。彼らにとってはまばたきの間に通り過ぎていったものたちのことを、覚えているだろうか。言葉も約束もなく。

声が聞こえた。

「和久井さん」


冬悟は一度だけ、深呼吸した。手すりに預けていた身体をまっすぐにし、振り返る。魂だけが頭上に抜けたように、その時の自分の動作をはっきり俯瞰《ふかん》で認識していた。

望が立っていた。駅前で別れた夕暮れから確かに年を経た姿で、でも変わらない望で。

時間という深い霧が、晴れる。

「有村さん」

冬悟は近づいた。望も近づいてきた。呆気《あっけ》なく届いた。

どちらからともなく両手を取り合うと、静かな涙が出た。濡れた頬を強い風がなぶっていく。同じ涙が望からもこぼれ、何も言わずに了解し合った。忘れなかったこと。忘れられなかったこと。会いたかったこと。今も好きだということ。それだけでじゅうぶんだった。

流れるに任せた涙が、十七年の地層に落ち、離れていた時間を溶かしていく。それはやがてあの狭苦しい箱の上に、並んで歩いた道の上に、霧に沈む車の上に、若かった冬梧と望の上に、目には見えないあたたかなしずくとなってしたたるに違いなかった。


　黙って展望館から出ると、望は停まっている車の一台を指差し「あれ、うちのです」と言った。冬梧が日本を離れる時処分したのと同じ、青いゴルフ。

「免許取ったんだな」

「はい」

　また会えたら、と夢想したことは何度もある。でもこんな日常的な会話から入るとは思わなかった。だからこそちゃんと「現実」だと実感できた。

「毎年、この日はひとりでドライブしてたんです。そのために取りました」

「え?」

頭の中で日付を確かめる。そうか、そうだった、十七年前の、まさにきょうじゃないか。

「ごめん、俺意識してなかった。何となくここに来てた」

「そっちのほうがすごいですね」

望は懐かしい顔で笑った。

「行こうか」

「はい」

「どこに？」

「どこへでも」

「うん。じゃあ俺んち。……もっと劇的じゃないと駄目？」

「じゅうぶんです」

「そっか」

先導して車を走らせる間は、不意に消えてしまったらどうしようとバックミラーばかり気になって仕方なかった。いっそ車を置いたまま一緒に乗ってくればよかったと何度も思ったが、望はちゃんと一定の距離を保ったまま、冬梧のマンションまでついてきた。

「ごめん、まだ散らかってて……」

通路をふさぐ段ボールに蹴《け》りを入れてどかし、望をソファに座らせてコーヒーを淹《い》れた。

「あの、ちょっといいですか」

「うん？」

望は立ち上がり、冬梧の頭に手を伸ばす。そしてかたちを確かめるようにぐ、ぐ、と髪の中を探った。

「え、なに……ああ」

面食らったがすぐに思い当たり、望の手首を摑んだ。

「昔、殴られたこと気にしてる？　何ともないよ、あの時だって気絶しただけだし、傷も後遺症もない」

「そうですか……」

ほっと息を吐き、それからみるみる顔をゆがめて「ごめんなさい」と謝った。

「ひどい目に遭わせてしまいました」

「有村さんのせいじゃない。それに俺はすぐ、日本から逃げ出したし」

「逃げたなんて言わないでください」

「逃げたんだよ。つらくて重くて、異動を断らなかった。有村さんがひとりで頑張ってたのに、中途半端に投げ出した」

「そんなこと言わないでください。僕のほうこそ、黙ってあなたを利用したかたちになってしまった」

「いや、おかげさまで報道協会賞ももらったよ、授賞式には出なかったけど。今の俺は会社じゃ『昔一発あてた人』みたいな扱いで、たまに若いやつが『「シトチナール」のネタ抜いたの和久井さんらしいっすね』って訊いてきたりして……まあ居心地は悪くない。記者を続けててよかったと思う」

「本当に？」

「うん」

何とか望を落ち着かせ、並んで座ると「奥さんと娘さんに会ったよ」と言った。

「はい、聞いてびっくりしました。未帆が、そこまで察しているなんて思わなくて」

「俺も驚いた。最初に名乗られた時は、ほんと目の前が暗くなった」

「すいません」

「いや、話聞いて納得したし。父親思いのいい子だね」

「親バカながら、優しい子に育ってくれているとは思います」

「それは、有村さんが優しく育てたからだろ」

「そんなことは……」

望は膝の上でもつれるように組み合わされた自分の指に視線を落とし、話し出す。

「先輩――生駒さんから一連のデータが送られてきたのは、亡くなる前の日でした。でも、僕に告発を託したわけじゃありません。会社はこういう不正をしている、だからお前はやり直しがきく今のうちに辞めたほうがいい、どんなトラブルに巻き込まれるか分からないから……そういう手紙がついていました。にわかには信じられなかった。生駒さんに真偽を確かめなければならないと思いました」

でも、と手の甲に爪《つめ》が食い込むのが分かった。

「もう、夜遅くて、あしたにしようと……僕も生駒さんも、携帯電話を持っていなかった。固定電話にかけるには非常識な時間だったから。今みたいに、当たり前に携帯を持つ時代だったなら、状況は変わっていたかもしれませんね」

次の朝にはつめたくなっているなんて思いもよらなかったから、あした話そう、と思った。望も、綾子も。ほんのすこしのずれ、タイミングの悪さが、それからのふたりをどれだけ苦しめたことか。

「……訃報を聞いて家に行ったら、空き巣に入られたみたいな惨状の中で綾子さんは放心して泣いていました。それを見て、生駒さんが送ってきたものが正しいと分かった。僕は別に、いい人なんかじゃないんです。綾子さんに何度嫉妬したか分からない。でもその時、許せないと思った。ひとひとり死ぬまで追い詰めて、保身しか考えていない会社を」

「じゃあ、俺と会った時にはもう決心してた？」

「いいえ。ただ、何とかしてこれを表沙汰にしなければ、とぐるぐる考えるだけで。けれど、和久井さんの仕事を知って話を聞くうちに、そうか、新聞記事にしてもらえばいいんだ、と浮かびました。誰でもよかったわけじゃないです、和久井さんなら、この人ならちゃんと書いてくれる、この人に書いてほしいと思いました」

「過大評価もいいとこだよ」

「いえ。僕は間違っていません」

大真面目に請け合ってから、弱々しい微笑をこぼす。

「間違ってたのは、僕が和久井さんにどんどん惹かれていったことです。ややこしいことなんて考えたくなかった。ただ和久井さんと、楽しい時間を過ごしたいと思ってしまった。平社員が会社に楯突くのも恐ろしかった。僕じゃない誰かが、いつか事実を公表してくれるかもしれない……揺れました、爆弾をよこして逝った生駒さんを恨みもしました」

「俺が、あんなこと言ったからか?」

冬梧は尋ねた。

「スクープ欲しい、現場に戻りたいって」

「考えなかったといえば、うそになります。でも、何より僕の背中を押したのは、和久井さんが僕だったらきっと見なかったことにはしないだろう、という確信です。自分かわいさにいつまでも迷っている僕を知られたら、軽べつされてしまう……おかしいでしょう、もう会えなくなるより、それが怖かった」

話している時も、歩いている時も、笑っている時にも、望の胸にはつねにその葛藤があった、と思うと、不器用さがかわいそうでならなかった。

「行動を起こして、和久井さんが殴られたと新聞で知った時、本当に、身体のふるえが止まらなかった。大怪我だったら、治らない傷を負ったら、もう働けなくなったら……すぐ飛んで行って謝りたかった、どんな償いでもしたかった、でも、それはできない」

「届いたよ」

冬梧は望の膝に手を置く。

「ちゃんと、葉っぱの手紙。先輩が届けてくれた。大人なのに、病室で泣いちゃったよ」

冗談めかして笑うと、望の瞳が揺れる。

「和久井さんの名前を見かけなくなって、入院が長引いてるのかとやきもきしてました。春先、【台北支局　和久井冬梧】っていう記事を見て、ああ異動されたんだと思って、ほっとした。もう僕のせいで迷惑をかけずにすむから」

「迷惑なんか」

「楽しかったです」

冬梧の言葉を遮る。

「和久井さんが書いた記事を読むのが。十七年の間、色んなところを転々として。パリ、ワシントン、リオデジャネイロ、ロンドン……また、あんなふうに散歩しているのかなって、僕の知らない街を歩いている和久井さんを想像するのが楽しみだった。新聞だけが和久井さんにつながる糸だった。万人に向けた記事でも、それが和久井さんからの手紙みたいな気がして、毎朝毎夕、わくわくしながら新聞をめくった。……わくわくしながら、怖かった」

「どうして？」

「妻とか子どもとか、そんな単語が記事にあったらどうしよう、その察しがついてしまうような内容だったらどうしよう――……僕は、勝手だ。遠くで幸せに暮らしているようにと願いながら、同じぐらい強く、和久井さんがひとりでいてくれますように、とも思っていました」

「俺だってそうだよ」

「でも僕は違う。僕には未帆がいてくれた。あの子が僕を親にしてくれた。僕はひとりじゃなかった」

ごめんなさい、とうつむく両肩を、思わず強くつかんで向き合わせる。

「そうだよ、つらかったよ。何百回有村さんを恨んだか分からないよ――目の前から消えてしまうんなら、どうして一度だけなんて言って俺とやったんだ。せめて友達のまま別れていればあんなに苦しくなかったのに。あなたは、自分だけよければよくって、有村さんを好きになってた俺の気持ちなんか考えもしてくれなくて。有村さんは勝手だよ」

夢でも幻でもない身体を抱きすくめた。きつく閉じ込めた腕の中から「ごめんなさい」と繰り返し聞こえてくる。

「また電話するって言ったじゃないか、そしたら有村さん『はい』って言ったじゃないか。

なのに次の日には電話なんかつながらなくなってて――うそつき」

「ごめんなさい」

「聞き飽きた……って前にも言ったっけ」

「前は、僕が言いました」

「ああ――笑うなよ、怒ってるんだから俺は」

「はい」

嬉しそうに答えてから、冬梧の背中に腕を回す。

「一度だけでも、一瞬だけでも、どうしてもあなたを、僕のものにしたかった。……あの時に戻れても、和久井さんを傷つけると分かっていても、きっと同じことをする」

「……ひでえ」

あの時は軽くしかできなかったキスをする。舌と舌の先が触れ合っただけで目の奥あたりがじんじんしびれてくる。密着したまま望の身体をソファに押し倒し、激しく口腔《こうこう》を貪った。音を立てて熱い唾液《だえき》をかき混ぜ、濡れた唇を嚙《か》む。

「和久井さん――」

息を継ぐのも惜しい口接の合間、望がささやいた。

「東京に、戻ってきたのを記事で知って、バザーに行きました。遠くからひと目でも見たくて。でもいざ和久井さんの姿を目にしたら、自分でも驚くほど動揺してしまって……欲望に負けたのを後悔しました」

「子どもに気づかれるぐらい？」

「……そうです」

「どうして、連絡してくれなかった？」

もう責めるのはやめようと思っていても、恨み言を言わずにいられなかった。多分に、甘え含みではあるのだけれど。

「もう、真秀とは完全に切れてたんだろ？　その時点で有村さんから何か言ってくれたって」

「コンタクトなんて取れませんよ。どのつら下げて、そんな」

「俺が怒ってると思ってた？　それって、俺を信用してないってことだよな」

望の気持ちは分かる。逆の立場なら冬梧だって尻込みしたに決まっている。面と向かって罵倒されたりしたら、思い出までが壊れてしまうのだから。

「……うそだよ、ごめん」

苦しげにまつげを伏せてしまった望のまぶたに唇を落とす。

「いじめすぎた」

「あ――」

カーディガン、シャツ、とボタンを外していく手を、望がためらいながら押さえた。

「……駄目か？」

「駄目じゃないです、でも、あの……久しぶりすぎて、最後まではできないと思います。きようは、準備もないですし……」

「え、持ってないの？」

「あるわけないじゃないですか！」

顔を赤くする。

「いや冗談。……じゃあ、途中まで、な」

「……はい」

手のひらでたどる肌は見えない磁石が埋まったようにぴったりくっつく感じがした。滑らせることはできても、引き剝《は》がすのは難しいような。身体と身体が求め合っているのが下半身の興奮より切実に分かる。

技巧をこらすまでもなく、互いの体温、互いの呼吸、互いの眼差《まなざ》し。それがもう、たまらないほどの愛撫《あいぶ》だった。

「あ……っ」

露出させた性器同士をこすり合わせる。手で包むと、望の手も重なってくる。長らく情熱から遠ざかっていたとは思えないほどそこは直情に、性急に息づいていった。どちらがこぼしたか分からないしたたりがふたつの手を汚すと腰を振ってそのぬめりに溺れた。

「有村さん――」

「あっ、あ――あぁ……！」

望の昂《たかぶ》りが先に弾け、その寸前の膨張にぐっとこすられた冬梧も、すぐに射精した。腹を乱暴に拭うと息を乱したまま長いこと抱き合っていた。肩が濡れる感覚で、望が泣いているのが分かった。


泊まっていくか、と訊いたら望は心苦しそうに「きょうは帰らせてください」と答えた。

「綾子さんにも未帆にも何も話していないので……ふたりに報告して、ちゃんとしたいんです」

「それって、離婚するってこと？」

「もちろんそのつもりですが、勝手を許してもらえるなら、未帆が高校を卒業するまで待っていただけないでしょうか。せめてそこまでは傍で見届けたいんです」

「分かった」

あっさり答えると、驚いて目をみはる。

「いいんですか？」

「何だよ、自分で言っといて。有村さんの考えそうなことだ。あの子は、俺にとっても恩人なわけだし、離婚してもずっと『お父さん』でいればいいよ。独り身になるまで俺とは会わないつもりじゃないんだろ？」

「はい」

「お預けってわけでもないんだろ？」

「もちろんです」

そこは強く請け合っていただいた。

「ここまで十七年かかったんだ、あと一年ぐらい待てる」

「ありがとうございます」

ほっと安堵《あんど》の息をついたかと思うと、望は「そういえば」と冬梧を軽くにらんだ。

「未帆といえば、ひとつだけ僕、どうしても納得いかない件が」

「うん？」

「『太ってもはげても好き』――って言いましたよね、娘に」

不意打ちにうろたえ、目が泳ぐ。

「言いました……ってそんなことまで聞いてるのか？」

いや別にいいんだけど、偽りのない気持ちなんだけど。

「あの子、僕には何でも話すので――何で僕より未帆が先に、そんな大切な告白を聞いてるのかっていう……」

「いやだって、その……あの、ごめん、じゃあ改めて言い直すからさ、今。好きです、有村さんが太ってもはげても好きです」

冷や汗をかきながら、精いっぱい真剣に告げたのに望の反応は芳《かんば》しくなかった。

「……同じ台詞使い回されても」

「その都度違うこと言うほうが問題だろ！」

まだ不満げではあったが、しどろもどろな冬梧を見て溜飲を下げたか「ありがとうございます」と言った。

「僕も、この先何があってもあなたが好きです。忘れないでよかった。忘れないでいてくれてよかった」

「うん」

空白は、完全には埋まらないだろう。なくした時間は取り戻せない。

でもここから、新しい夜を、新しい朝を。いくつもの、忘れられない日々を。木々が葉を繁らせるように増やし、いつかその下で寄り添い佇《たたず》む、そんなふうに生きていけたら。

望が帰る前、冬梧の家の周りをすこしだけ散歩することにした。いつ通りかかっても開いていない煙草屋や、昔懐かしい外装のアパートを指差して歩く。あの角を曲がれば大きな児童公園があり、真ん中には太いいちょうの木が一本、あるじみたいな風格で立っている。冬梧が越してきて最初に好きになった風景で、望もきっとそれを気に入るはずだと思った。

もうすぐ黄色く輝き始めるだろう。

アンスピーカブル

お泊まり会だという未帆《みほ》をクラスメートの家まで送り届け、自宅に戻ると綾子《あやこ》は「何だ、戻ってきちゃったの?」とびっくりしていた。

「どうして?」

「有村《ありむら》くんもそのまま泊まりに行くと思ってたから」

「車置いとかないと、綾子さんが困るかなと」

「一日ぐらいどうってことないよ」

「それに、向こうは仕事終わるの午前さまになるから、早く行ったところで同じです」

「合鍵持ってるんでしょ? 待ってればいいじゃない。今さらへんな気遣わないでいいんだからね?」

「そういうわけじゃ……」

まっすぐ冬梧《とうご》のもとに向かうのが、どことなく後ろめたかったのは確かだ。親にうそをついて外泊する時の気持ちに近いというか。今は自分が親の立場だというのに。

「じゃあまあ、お茶でも淹《い》れましょうか」

戸惑いを見透かした笑顔で綾子がキッチンに立つ。

「あ、僕が」

「いいのよ」

ダイニングテーブルで向かい合い、ゆっくりと昇る湯気を眺めていると「いいこと教えてあげようか」と言われた。

「何ですか？」

「未帆もいつかは男の子の家に泊まりに行ったり」

「聞きたくないです」

途中で遮ると「現実を見なさいよ」としごく優しい声で諭《さと》されてしまった。

「どうしてそんな意地悪を言うんですか」

「この先、男の子に相手にされないって言うほうがよっぽど意地悪だと思うけど。……そういう未来を具体的に想像できるぐらいには、あの子も大人だって言いたいの」

「……そんなの、分かってます」

未帆はこっちが思いもよらないほど多くに気づいていて、そして思いもよらないほどの行動力で望《のぞむ》を助けてくれた。望は未だに「親孝行」という言葉にぴんとこない。未帆が与えてくれたものの半分も返せていない、と真剣に思うからだ。綾子に話したら「これ以上甘やかさないでよ」と呆れていたが。

「で、いつ出す？　離婚届」

綾子がさらりと切り出す。

「もう私、自分のとこ書いて持ってるんだけど。お料理番組みたいね、『こちらに用意したものがございます』っていう」

「そんな、催促しないでくださいよ」

望のための申し出だと分かっていても複雑な気分だ。

「未帆が高校を卒業するまでは、ということで納得してもらってますから」

「そんなの、今盛り上がってる時期だからいい顔したいに決まってるじゃない。そのうちしびれ切らすわよ、あんまり真に受けないほうがいいと思うけどな」

「そんないい加減な人じゃありません」

むっとして言い返したが「はいはい」と流された。

「いや、私も、独《ひと》りになったら婚活でもしようかなって。再婚活？　再々婚活？」

「えっ……そうですか、じゃあ早いほうがいいんですね」

言うまでもないけど、その場合は未帆をちゃんと大事にしてくれる人がいい、と思う。

「まあ冗談だけどね」

「何だ……いえ、冗談じゃないほうがいいに決まってますけど……」

「やーよめんどくさい。第一、こんな子持ちのおばさんを誰が相手にするの」

「そんなことありません、綾子さんはすてきな女性です」

「うーん、ゲイの人ってさらっと女褒めるのがうまいよね」

「はぐらかさないでください」

「いやいや、すごーく単純な話でね。今でも生駒《いこま》が好きなの、有村くんがずっと和久井《わくい》さんを好きでいたみたいに」

「……はい」

「だから、もう会えないんですって言われた時はショックだったな」

夫の急死、その事実を受け止めるだけの時間も与えられないまま、彼女は大きな流れの中に否応なく放り込まれてしまった。望は精いっぱいガードしたつもりだが心身にかかる負荷は綾子を激しくすり減らし、一時は「私も死にたい」とばかり口にしていた。妊娠中なので安定剤の類《たぐい》は使えないし、あの数ヵ月は社内でも社外でも毎日が薄氷を踏む思いだった。

どうにか歩き続けられたのは、自分で決めて始めたことじゃないか、という覚悟と、冬梧を巻き込んだ以上中途半端は許されない、という責任感だった。あなただって頑張ってる、だから僕も負けちゃいけない、あなたに恥じるようなみっともない戦いは、しない。

それでも「どうして死んじゃいけないの」と繰り返す綾子に、「分かりました、もういいですよ。そんなにつらいなら綾子さんの好きにすればいい」と言ってしまいたい誘惑は強かった。負の感情はおそろしく伝染性が高い。共倒れになりそうな時はいつもあの写真を握りしめてこらえた。

――あの人は何もかも黙ったまま勝手に死んじゃったんだよ、私だっていいでしょう？　どうして我慢しなきゃいけないの？　この子と一緒に会いに行く、きっと喜んでくれる……。

膨らんだ腹部を抱えて訴える綾子に、望は「会えるわけないでしょう」とはっきり現実を突きつけた。

――先輩は死んで、焼かれて骨になったんです。そこで終わりです。死人に会えたら苦労はしません。会いたくて泣くのも、あの世の先輩を想像するのも、今綾子さんが生きてるからできるんです。

その場では手元のありとあらゆるものを投げつけられたが、思えばあの時をしおに、綾子はゆるやかに回復していった。もともとしっかりした性格だから、自分を取り戻し始めてからは強かった。

「すみません」

望はうなだれる。

「僕も余裕がなかったとはいえ、言葉を選ぶべきでしたね」

「ううん、あんなにすっぱり言われるとすがすがしくて、憑《つ》き物が落ちたみたいで。励ましのつもりなんだろうけど、元気な赤ちゃん産んだら天国の旦那さんも喜んでくれる、とか言われたりすると本当にもう、頭かきむしりたいほどいやだったんだけど、ああいないよねえって。生きてたって死んでたって会えないんなら、生きようと思った。だって死んだら私も消えて無くなって、会いたいって思うことさえできないんだから。私の中の生駒も死んでしまう。あの人は自分で自分を殺してしまったけど、私まで生駒を殺すわけにはいかないって、腹くくれたな」

「綾子さんの強さと賢さが、僕にとっては大きな救いでした」

「まーたそうやって持ち上げるー」

「そんなんじゃ」

「行ってね？」

と綾子は言った。

「有村くんは会えるんだから。もう、会いに行ってもいいんだから。それを、私に申し訳ないと思う必要もないんだよ」

一緒に暮らす間、彼女と何度、こうして向かい合って話してきただろう。生駒の思い出だったり、未帆の進路だったり、日常の、保険や光熱費の連絡だったり。でも、自分の話は初めてだな、と温かなくすぐったさとともに、別れの日が近いのを実感した。

「ありがとうございます」

「未帆の結婚式には父親として出てほしいけどね」

「だからどうしてそういうことを言うんですか」

冬梧のマンションについたのは午前0時半ごろだった。好きにしてていい、と言われていたので暖房をつけ、コートを脱いでソファに掛ける。部屋のあちこちに積まれていた段ボールもすっかり片づき、家らしくなっていた。

ひとりだから、遠慮なくきょろきょろする。照明とかカーテンとかデスクライトとか、硬質な印象の家具に、こういう趣味なのかなと思ってみたり。デスクもチェアも細い脚のスチール製。もうちょっと暖かみがあるほうが和久井さんには似合うのにな、大きなお世話か……。天井に顔を向ける。そらした喉《のど》にまっすぐ鼓動が上がってくるのが分かった。

ここが冬梧の部屋で、ここで待っていれば冬梧が帰ってくるだなんて、信じられない。

いや、まだ油断するな。何か大きな事件があって残らなきゃいけなくなる、ということだってじゅうぶんにありえる。望は慌てて携帯を取り出した。メールも着信も、今のところなし。どうしても悪い想像をしてしまう自分を大丈夫大丈夫となだめ、「お邪魔してます」とメールしてから携帯のカバーについたちいさなポケットに爪《つめ》の先を差し込んだ。

そこは本来、交通用のＩＣカードなんかを収納するところで、望は未帆から返してもらった写真を入れている。こっちは酔っ払っていたし、冬梧はあ然としているしで、構図も表情も全然いいショットじゃないけれど、望にたったひとつ、かたちとして残された思い出だった。多少の経年劣化は否《いな》めないが、未帆がしまっておいてくれたおかげでまあまあいい状態に保たれている。

じっと眺めながら、あの日の未帆には何かしらの予感でもあったのだろうかと思う。

――ちょっと出かけてくるよ。

――どこ行くの？

玄関で車のキーをちゃり、と鳴らす音に反応して飛んできたのだった。

――大したところじゃないよ、新聞社でバザーがあるっていうから、軽いドライブがてら覗《のぞ》いてみようかと思って。

――私も行く！

――未帆が喜ぶようなものはないよ。

――いいの、行きたいの！

幸い、反抗期もなく育ってくれた娘だが、どこにでもくっついてくる時期はとうに過ぎていたのでその主張にはちょっと面食らった。仕方なく連れて行って、「本部」と書かれたテントであれこれ人としゃべっている冬梧を見つけ、動揺を押し殺しながら未帆と食事をして帰った、ただそれだけのはずだった。

なのにしばらく経って、綾子から告げられた時は肝をつぶした。

——有村くん、明光《めいこう》新聞の和久井さんって方を知ってる？

——……どうでしょう、すぐには思い出せないんですが……。

不意打ちに不自然じゃないリアクションを返せたのは、皮肉な話、何年も会社に絞られてきたおかげだ。十年ぐらいはきついマークを受けていて、尋問に近い「聞き取り調査」にも飽きるほど呼び出された。生駒と個人的に親しかったうえに未亡人と再婚したとあっては警戒されるのは当たり前だった。会社側からは「黒に近いグレー」と目されていたひとりだが、望は徹底して白《しら》を切りとおした。

——未帆がね、学校をさぼってその人に会いに行ってたの。

——どうしてまた。

バザーで見ていたのに気づかれていたのか？　それが、未帆に預けた写真の男と同一人物だと勘づいた？　にしても、なぜひとりで会いに行かなければならないのか。皮膚《ひふ》を突き上げてくるような疑問を押さえつけて穏やかに尋ねると、綾子は「私にも分からない」と答えた。

——和久井さんも心当たりがないんだって。だから有村くんから未帆に訊《き》いといてよ。

何を考えているのかいないのか、軽い口調で言うと「私は覚えてたよ」と笑う。

――社会部にいたでしょ、あの頃、真秀《ましゅう》の記事、よく書いてた。

――そうでしたか。当時は色々な新聞を読み比べていたので、記憶が定かじゃなくて。

――私は好きだったよ、和久井さんの記事。本人もかっこよかったな。ただ顔立ちがいいっていうんじゃなくて、きちんと働いて、きちんと年を取った感じ？　年月って、顔に出るでしょう。こういう人があの記事書いてたのね、って何か嬉しくなっちゃったな。

望がうそをついているように、綾子も何かを察していて、敢《あ》えて無邪気に振る舞っているだけかもしれない。秘密の上に成り立っている家庭だから仕方ないのだろうか。

思えば自分の人生はいつも秘密と一緒だった。同性を好きなたちなのだと自覚した瞬間から、おいそれと人には言えないなと心に決め、生駒を好きになったのはもちろん、その死後には生駒が遺した秘密を抱えて。

自分だけが特別じゃない、誰にだって秘密ぐらいある。分かっていても荷の重さをふと意識してしまうと、歩くのも億劫《おっくう》なほどの疲労を感じた。同時に、冬梧に背負わせてしまったものを思って苦しかった。

未帆と向き合うには、それから数日の時間と勇気を要した。

カフェに連れ出し「綾子さんから聞いたんだけど」と切り出すと、未帆は「やっと訊いてくれた」と安堵《あんど》を見せた。

――やっとって？

――お母さんから聞いてたでしょ、でも、心の準備がいるのかなあって思ったから、私からは言わないようにしてたの。和久井さんも、いきなりは困るっぽかったし。

そして未帆は教えてくれた。彼女が気づいていた秘密のこと、何を思って冬梧のもとを訪れたのか。望は、言葉が出なかった。沈黙に、未帆は顔をくもらせる。

――お父さん、怒った？　未帆が勝手なことしたから……。

感情が揺れると、時折幼い頃の一人称に戻ってしまう。望は思わず笑みをこぼし「怒ってないよ」と言った。

――びっくりしたんだ。未帆がそんなに知ってて、考えてるとは思わなかったから……。

未帆は、僕が男の人を好きでも、気持ち悪くない？

――怒るよ。

――……ごめん、ありがとう。

――それよりお父さんは、和久井さんに会わないの？

――合わせる顔なんてない。僕はあの人に、とても迷惑をかけてしまったから。それに……未帆にはまだ分からないかもしれないけど、彼は僕と違って、元々はちゃんと女の人とつき合ってたんだよ。

――「ちゃんと」とか言うのやめようよ。

——え?

——もし、私が女の子とつき合ったりして、その時にお父さんやお母さんから「ちゃんと男の子とつき合いなさい」って言われたら、すごくやだ。

特に意識もせずつけた副詞で、卑屈さや負い目を込めたつもりもなかったのだけれど、だからこそこだわっているということだろうか。未帆の指摘にちいさく「うん」と答えた。

——和久井さん、ちょっと時間くれって言ってた。でも、お父さんから会いに行ったっていいと思うんだよね。

——時間をくれっていうのは、会いたくないっていう意思を、未帆の手前やんわり表現してくれただけだよ。

——違うってば!

出されたケーキに手もつけず、未帆はじれったそうに指先でテーブルを叩《たた》く。

——こら、行儀が悪いよ。

——会いたいに決まってるじゃん! だって和久井さん、今でもお父さんのこと好きだし。

——未帆……。

その発言にはさすがにまいった。

——勝手にそんなこと決めるもんじゃない。

——勝手じゃないもん。言ったもん、もしもお父さんが太ってもはげても好きだって。

嬉しい以前に固まった。作り話だとは思えないが信じられもしない。あの人がこの子にそんな台詞《せりふ》を？　未帆が「ひとりにしてあげようか？」と言ってきたぐらいだから、よほど混乱が顔に出ていたに違いない。結局、「和久井さんが会ってもいいと思えるまで待つ」という方針で何とか未帆を納得させた。どうやら、冬梧も望も、相手の気持ちを知ればすぐにでも飛んで行くものと想像していたらしい。

——時間かかるんだね。

——それはそうだよ。

不満顔の未帆に笑った。彼女の予想よりは遅く、自分たちの予想よりはずっと早く、こうして会えるようになったが。

冬梧に再会した日、家に帰って綾子にすべてを打ち明けた。誰が内部告発を行い、冬梧との間に何があったのか。綾子は黙って耳を傾け、一言「よかったね」とつぶやいた。

——また会えてよかったね。

——ありがとう……。

秘密が融《と》けて、やっと心から笑えたような気がした。

二時前、鍵が開く音がした。はっとする。立ち上がって出迎えたいのに、首を巡らせる以外の動きができなくて、ドアが開くのをただ見つめていた。

「……ただいま」

「お帰りなさい」

冬梧は軽く息を切らせて、かばんとコートをぽとぽと玄関に投げるとスリッパを無視して駆け寄ってきた。

「走ってきたんですか?」

「うん、下からだけど、エレベーター一階にいなかったから、何か焦っちゃって」

言い終わらないうちに望を抱きしめた。すると冬梧の服から髪から、冬の夜の気配が立ち昇る。ここ、十階なのに。

「ほんとに待っててくれてんのかな、帰ったら誰もいなかったらどうしようって、怖くて……タクシー、相乗りで帰ると遠回りだから、自分で一台呼んで大至急ってお願いした」

十七年前、冬梧につけてしまった傷は深かったのだと自覚せざるを得ない。最初から何もかも打ち明けて協力を願うことは何度も考えた。でも「もう会えなくなります」と自分から口にする勇気がなくて——正確には、打ち明けて「分かった、じゃあもう連絡しないから」と承諾されてしまうのが怖かった。

「ごめんなさい」

と望は言った。

「僕は、黙って消えることで、和久井さんに覚えていてほしかった」

「その通りになったよ」

「でも、本当にずっと忘れないでいてくれるとは思ってなかったんです。同じ気持ちでいてくれるなんて想像してなかったんです」

生駒に、嫉妬らしきものをしてくれた。請うたら抱いてくれた。でも、情の深い男だから望の気持ちにつられて流されたに過ぎないだろうと思っていた。きっと「ちゃんと」女を愛し、結婚する。その記憶の片隅にせめて望だけのスペースが欲しかった。

「僕は本当に、ずるい……」

「知ってる」

精いっぱい抱き返す腕の中に冬梧の身体《からだ》がある。後悔も罪悪感もとめどないのに、幸せでどうにかなりそうだ。

「臆病なくせに大胆で、優しいくせに自分勝手なのも。大丈夫、ぜんぶ知ってて好きだから」

軽いキスの後、冬梧は「いかん」とつぶやいて身を引いた。

「なだれ込みそうだ。有村さんめしは？　風呂は？」

「両方すませてきました」

「じゃあ俺、シャワーだけ浴びてくるから。あの、冷蔵庫とか好きに漁《あさ》ってくれていいよ」

そう言い残して、浴室に飛んで行く。脱衣所越しに衣擦《きぬず》れの音、バスルームのドアを開ける音、湯を出す音が聞こえてくると、今までとは違う種類の動悸《どうき》に支配されてしまう。

どうしたらいいのかな。服は脱いでたほうがいいのか、寝室で待機しているべきなのか、部屋の灯《あか》りは。いい年して恥ずかしい話だがゼロじゃないにせよ恋愛経験はお粗末で、そしてインターバルが長すぎた。もうこれきりだからと大胆になれた最初の時とは違う。

何をしていいか分からないけど、このままぼんやり待つのも「やる気あんのか」って話で──ちょっと落ち着こう。

喉がからからだったので、お言葉に甘えて冷蔵庫を開ける。


九十度回転した視界に、冬梧が入ってくる。バスタオル一枚腰に巻いた姿で、ああやっぱり自分も脱いでるのが正解だったのかなと思った。

「え、なに、具合でも悪い？」

だらしなくソファに転がった望に慌てた冬梧が、その手前のテーブルを見て「あ」と立ち止まる。

「有村さん、飲んだな⁉」

「ちょっとだけですよ」

緑色のバドワイザー缶をぷらぷら振って「空だよ」と渋面をつくる。

「緊張に……負けそうになったので……大丈夫です、この後の段取りには差し支えありませんから」

「缶チューハイ一本で正気失うくせに何言ってんだか。気持ち悪くない？　水飲む？」

「大丈夫ですってば」

立派に正気だと証明すべく起き上がる。ちょっと頭がふわふわしたから横になっていただけだ。

「とっ……」

九時から十二時の方向に直った身体が、今度は三時へと倒れそうになる。冬梧が素早く支え「きょうは駄目だな」とつぶやいた。

「駄目じゃないですよ！　ちゃんとできます。あの時だって僕、すぐ我に返ったじゃないですか」

「いやー……信用できない。このざまだし」

望の前にしゃがみ込み、骨を失ったような手首を取ってぶらんぶらんさせる。

「ぐにゃぐにゃだ」

「できますってば」

「いざって時前後不覚でも、俺、やめる自信がないから、理性のあるうちに諫《いさ》めてるんだけど」

「絶対、大丈夫ですから」

脱力していた腕に力を入れて冬梧の頭を抱き寄せると、合わさると同時に舌を差し入れて濃厚なくちづけを仕掛けた。冬梧の口内は望よりひんやりしていたから、熱に巻き込むためにそこらじゅう探った。うすい上唇をねぶると冬梧はひとつ身ぶるいし、それから仕返しに望の下唇を思いきり噛《か》んだ。

「してください。僕、十七年我慢してたんです、もう待てないです」

「俺だって――」

我慢した、とは言わなかった。それは、それなりの行為があったということなのだろう。でも最終的に（今が最終かどうかはさておき）望を選んでくれたのだし、嫉妬より、冬梧の率直さを好ましく思った。

「……何笑ってんだよ」

「いえ、続きをどうぞ」

「俺だって、きょうのために筋トレして三キロ落としたし」

こらえきれず、声を上げて笑ってしまった。

「うそ、かわいい……」

「何だよ！」

冬梧の顔こそ、アルコールを投入されたみたいに赤くなった。

「ほらもう、あっち行くぞ」

ひとりだとあんなに近寄りがたかった寝室にあっさり連れ込まれて、でもベッドを目にしたら、胃の底に残ったビールがぼうっと燃え上がったように熱くなった。反面で望の手は案外てきぱきと服を剝《は》がし、床に落としていく。

のしかかってくる冬梧の身体をまじまじ眺めると「そんなに見んなよ」と照れた。

「三キロ絞ったって言うから……でも別にそんな必要感じませんけど」

「お世辞だろ」

「違います」

というか、前は着衣のままの慌ただしい行為だったし、比べようもない。そうか、ちゃんとセックスするの、初めてだな。目が合うと冬梧も同じことを考えているのが分かった。

「ゆっくりしような」

と冬梧が言った。

「ゆっくり——楽しくしよう」

「はい」

冬梧の手が素肌を滑ると、長い間遠ざかっていた官能の悦《よろこ》びがその下でざわざわと目覚めるのが分かった。はるか昔の固い種が芽を出すように。そして、いったん吹いた芽は、眠っていた時間など覚えていない。最初から何の障害もありはしなかったように伸び、育つ。

「あ……っ」

自分の喉からこんな声が出るのも忘れていた。指先に乳首を掠《かす》められると、ちり、と線香花火の球みたいな疼《うず》きがそこを内側から尖《とが》らせた。思わず手で口を塞《ふさ》ぐが「何でだよ」とすぐ剝がされた。

「びっくりしてしまって」

「黙りこくってセックスするほうがびっくりだろ」

「そういう意味では——あ、あぁっ……」

きつく弾かれると、わずかなくすぐったささえ消えて、性感だけがくっきり顕《あらわ》れ、ちいさな突起に色をつける。

本当に、一瞬で思い出してしまう。ちゃんとセックスで感じる身体だったのを。

「んっ……あ、っ」

腫《は》れを、癒《いや》すみたいに舌が覆うのだけれど、鎮静するどころかますます固くしてしまう。舌先でキスされて甘いとげが刺さる。やわい周縁をこすってから噛んだ上下の前歯の間で、血でも肉でもないものをみなぎらせて立ち上がる。

「ああ……」

そらせた上半身とシーツの隙間《すきま》に冬梧の手が入り込み、弓なりの背骨を撫《な》で下ろす。寒気に似た快感がしゅっと短い尾を引き、下腹部に着地した。不安は期待に、羞恥《しゅうち》は欲望に。

いっそ冬梧の両手の中で、紙くずみたいにくしゃくしゃに丸められてしまいたかった。折りたたまれ、すりつぶされ、与えられるものを味わい尽くして最後は挽《ひ》かれて粉になりたい。異常だとしても、冬梧だけへの思いだから、構わない。冬梧もきっとそう言ってくれる。

「ん！　あ……っ」

どこよりあからさまに欲情をはらんだ部分に舌を這《は》わされ、感触はやわらかいのに刺激は強烈だった。

「あ、和久井さん、駄目です――」

脚をばたつかせると、先端を強く吸い上げることで咎《とが》められた。

「あ、や！」

「……前は、俺がされるばっかだったから」

「だって、そんな」

「いいから」

よくない、よくないけど、すごくいい。あられもなくしゃぶりたてられれば、本能は逆らうすべを持たない。頰《ほお》の内側の、なめらかな粘膜。ざらつきを押しつけて巻きつく舌。強烈に射精へと誘引されて望は身悶《みもだ》えた。

「あぁ……っ、やめて、あ、もう――」

「いきそう？」

「んっ……」

ためらったが、やせ我慢ができる段階でもなかったので頷《うなず》くと、口を離して手で激しく扱《しご》いてくれた。

「ああ、あ、っ、あ……！」

腰全体がぶるりとわなないた。興奮が細い管を拡《ひろ》げて飛び出して行く数瞬の快感は、「めくるめく」という表現がぴったりだった。しばらく放心したまま荒い息をついていると「大丈夫？」と髪を撫でられる。

「疲れちゃった？」

「平気です……あの、すごく気持ちよかったです」

「そりゃよかった」

冬梧は子どもみたいに得意げに笑ってから「俺もやばいな」と軽く眉根《まゆね》を寄せる。

「じゃあ、今度は僕が」

「いや――それより、って言ったらあれなんだけど……挿《い》れていい？」

きょうは準備あるし。サイドテーブルに置いてあるローションにちらりと視線をやりながら言う。

「がっついてるみたいで恥ずかしいけど、どうしてもしたい」

「はい」

望は自分からテーブルに手を伸ばす。

「嬉しいです」

「ほんとに？」

「はい。ただ、すこし時間がかかりますし、その間我慢をさせてしまうと思って」

「頑張るよ」

と笑ってボトルを受け取る。

「若い頃ほどの爆発力もないしさ」

「悪いことばっかりじゃないですね」

「そう」

細い口の先から潤滑剤を手に受け、指先まで垂らすと、冬梧は望の脚の間にぐっと身体を割り込ませる。

「んっ――」

つめたくぬるついた指が後ろを探り、すぐにつながる場所へとたどり着く。スムーズにことを運ぶための力の入れ方、抜き方というものをかつては心得ていたのだけれど、さすがに今は緊張が大きい。

指一本、奥まで呑《の》み込ませると冬梧は身じろぎもしない。その狭さを危惧しているのが伝わってきた。だから望は「動かしてください」と頼んだ。

「……これ？　痛がらせそうで怖いんだけど」

「あの、拡げようとしなくていいです、ゆっくり、なか、こすって……」

その後はぎゅっと目をつむって委ねると「分かった」と冬梧が指を差し引いていく。ほっとしたように内部が閉じるのを感じる。でもそこへまた同じ違和感が届く。マイナスとプラスの繰り返し。

「ああ……」

そのうちに、指先が官能の埋まっているポイントをゆるやかにとろかし始める。秘密の鍵で、望がひらく。その変化は、皮膚を接している冬梧にもすぐ伝わる。

「あ、すごい、やわらかくなってきた……もっとしていい？」

「んっ……はい――あ、あっ」

抜き差しは、性交と同じ速さにまでなる。肉欲の発火はそのスピードにつられる。冬梧の指から何かがにじみ出して望の内部をガムみたいに練ってしまう。

「んんっ……！　あ、あっ」

二本目を挿れる時、三本目を挿れる時、冬梧はもう、いちいち断らなかった。なじんだ身体みたいに、冬梧のものみたいに扱われるのが嬉しくてたまらなかった。

「あぁ……」

「すごいな、これ、興奮する……」

雄の欲望を隠そうともしない声音《こわね》が、望の腹筋をふるわせる。

「前は見えなかったから——めちゃめちゃやらしいな、ちゃんと見せてもらっとけばよかった」

「やですよっ……」

「そしたら十七年、ネタに不自由しなかった」

「もう——あ、あっ！　やっ」

そろえた指先で、せつないほど疼く箇所を強く圧《お》され、発情に性器まで押し上げられる。つめたかったローションは体温でぬるまり、今や指を吸うようにうごめく下の口を卑猥《ひわい》な音で潤した。

「和久井さん……っ」

「ごめん、さすがにもうやばい」

脚を抱え上げ、言葉通りに昂《たかぶ》りきった欲望で望を割り開く。

「ああ……！」

圧迫感は肺のスペースまでを侵食し、呼吸を難しくする。はっ、はっ、と浅い息に胸を上下させる望を、冬梧が心配げに見下ろす。

「大丈夫です」

「でもさ」

「いいんです、してください、このまま中途半端なほうが、つらい」

「……分かった」

「ああ、あっ」

ぐ、と腰が食い込んできて、内臓がねじれそうに苦しいのに、望の性器は萎《な》えない。冬梧の腹に裏側をこすられ、悦んでしたたりをこぼす。挿入の、最初の苦痛が遠ざかれば交わった冬梧の熱さ硬さにたちまち恍惚《こうこつ》となった。

「気持ちいい……」

「無理してない？」

「してません。和久井さんとつながってるのが、気持ちいい。夢みたいだ。僕は浅ましい人間だから、和久井さんと同じぐらい、和久井さんの身体にも会いたかった――」

「……俺だって」

上体もぴったりと重ね、唇を求めてくる。

「もう一度抱きたかったよ」

「あ――」

くちづけを繰り返しながら、冬梧は下肢を突き上げてくる。ひとつひとつ刻まれるごと、体内で泡になった興奮が弾ける。

「ああっ、あっ、あっ……！」

脚の角度、腰の角度、ほんのすこし変わるだけでも新鮮な刺激になって、飽きるまでそのまま穿《うが》ってほしくて、まだまっさらなところを暴いてもほしくて、もどかしく欲張る望の身体もしぜんと揺れて、ねだる。

「和久井さん——和久井さん」

「……そんな声で呼ぶなよ」

「あっ、あ——」

求め、与え、犯され、呑み、抱いて抱かれながら、絡み合う身体はいく。交歓の果ての死に似た空白、言葉も心も約束も届かない秘密へと。


短く眠り、ふっと目を覚ました。鼻先に冬梧の顔があって、寝息のリズムが分かる。わくいさん、とつぶやいてみたくなったが、声が出ない。痛みはないものの、冬の乾燥と、久しぶりすぎる使い方をしたせいだろうか。

何度か試みて諦《あきら》めた。唇を閉じると、夜明け前の静謐《せいひつ》が羽毛布団の上から自分たちをうすく包んでいる。

ああ、しゃべっちゃだめなんだ、と気づいた。朝がきて、冬梧が望を呼んでくれるまでは、ここに何の音もいらない。

話したいことはたくさんある。でも今は、話さない充足を味わう。世界が明るみ、目覚めるまで。つかの間の沈黙。

暁《あかつき》を待つ。冬梧は眠っている。望は黙っている。

「えっ」

と望は言った。

「えっ？」

と冬梧も、言った。

「すいません、もう一度言ってもらえませんか」

「え、だから……あの子、えーと、未帆さん？　未帆ちゃん？　中学生の時、好きな男がいたって——ひょっとして知らなかった？」

沈黙が、何よりの答えだった。冬梧はうっかり口を滑らせてしまったのを後悔する。「僕には何でも話す」って言ってたから——まあ、普通に考えてそんなわけないんだよな。自分の、遠き十代を思い起こせば、親に秘密のひとつやふたつないほうが心配に決まっている。

しかし望は結構ショックを受けているふうだ。失言は申し訳ないとして、割と面白い。

「まあ、年頃の女の子だしさ」

「相手はどんなやつなんでしょう」

「やつって」

おとなげないな。

「成績とか部活とか生活態度とか容姿とか」

「そこまで知らないけど、先輩らしいよ」

「ということは卒業アルバムには載ってない……」

「真顔が怖い」

プリクラの件は絶対言うまい、と心に決めた。

「だって気になるじゃないですか！」

「んー……でも、結局振られたって」

そう教えたらひとまず安心するだろうと思ったのに、望はみるみる顔をゆがめ、深くうなだれた。

「ひどい……かわいそうに」

「えっ」

「あの子の何が不満なんだ……何さまのつもりだ……」

「いやどっちなんだよ」

つき合ってほしいのかほしくないのか、何やら面倒な地雷に触れてしまったようだ。

親心というか親バカ心というか、その複雑な機微を冬梧が実感する日は訪れない。でも、望がふたりぶん体験してくれているみたいだから、結果オーライだ。

「まあ、安心して」

「何がですか……」

「彼女がいつか嫁にいっちゃったら、俺がひと晩じゅう泣き言聞いてあげるから」

「……ひと晩で足りるのかどうか」

「はは」

任せとけ、と笑う。

＊＊＊＊＊　　＊＊＊＊＊　　＊＊＊＊＊

英語の発音に従って表記するなら「アンフォゲッタブル」かと思うのですが、音引きが入ったほうが字づら的に好みだったので「アンフォーゲタブル」としました。

気づけば四冊、一緒にお仕事してくださっている青石ももこ先生、今回も本当にありがとうございました。いつも時間のない中（私のせいで）、メリハリのある構図で挿絵をいただけることを幸せに思います。

それでは、またお会いできる機会がありますように。

一穂ミチ

✦初出　アンフォーゲタブル……………書き下ろし
アンスピーカブル………………書き下ろし

一穂ミチ先生、青石ももこ先生へのお便り、本作品に関するご意見、ご感想などは
〒151-0051 東京都渋谷区千駄ヶ谷 4-9-7
幻冬舎コミックス　ルチル文庫「アンフォーゲタブル」係まで。

幻冬舎ルチル文庫
アンフォーゲタブル

2014年2月20日　第1刷発行
2023年4月20日　第3刷発行

✦著者　一穂ミチ　いちほ みち

✦発行人　石原正康

✦発行元　株式会社 幻冬舎コミックス
〒151-0051 東京都渋谷区千駄ヶ谷 4-9-7
電話 03(5411)6431［編集］

✦発売元　株式会社 幻冬舎
〒151-0051 東京都渋谷区千駄ヶ谷 4-9-7
電話 03(5411)6222［営業］
振替 00120-8-767643

✦印刷・製本所　中央精版印刷株式会社

✦検印廃止

ISBN978-4-344-83061-5　C0193　Printed in Japan